养生保健丛书

总主编　范昕建　梁繁荣　马烈光(执行)

U0130022

居

主　编　吕茂庸

副主编　刘　锋　刘秀华

编　委(按姓氏笔画排序)
　　　　传　鹏　张　伟
　　　　周　晶　周　铮

人民卫生出版社

图书在版编目（CIP）数据

养生保健丛书．居/吕茂庸主编．—北京：人民卫生
出版社，2010.12
ISBN 978-7-117-13667-9

Ⅰ．①养… Ⅱ．①吕… Ⅲ．①养生（中医）—基本
知识②居住环境—影响—健康—基本知识 Ⅳ．①R212
②X503.1

中国版本图书馆 CIP 数据核字（2010）第 215511 号

门户网：www.pmph.com	出版物查询、网上书店
卫人网：www.ipmph.com	护士、医师、药师、中医师、卫生资格考试培训

养生保健丛书

居

主　　编：吕茂庸
出版发行：人民卫生出版社（中继线 010-59780011）
地　　址：北京市朝阳区潘家园南里 19 号
邮　　编：100021
E - mail：pmph @ pmph.com
购书热线：010-67605754　010-65264830
　　　　　010-59787586　010-59787592
印　　刷：北京铭成印刷有限公司
经　　销：新华书店
开　　本：710×1000　1/16　印张：7.5　插页：4
字　　数：138 千字
版　　次：2010 年 12 月第 1 版　2010 年 12 月第 1 版第 1 次印刷
标准书号：ISBN 978-7-117-13667-9/R · 13668
定　　价：20.00 元

打击盗版举报电话：010-59787491　E-mail：WQ @ pmph.com
（凡属印装质量问题请与本社销售中心联系退换）

《养生保健丛书》

编委会

主编简介

　　吕茂庸，男，1955 年生，四川成都市人。1983 年毕业于成都中医学院，长期从事《黄帝内经》理论研究和教学工作，尤其对《黄帝内经》的养生理论和学术思想颇有研究，深感《黄帝内经》蕴含了极其丰富的养生智慧，确立了"治未病"的预防思想，提出了审因施养、形神共养等重要原则，内含丰富的针灸、气功、推拿、药食、摄神、温熨等养生方法，对后世养生学的发展有着深远的影响；编写出版《黄帝内经太素语译》、《中医经典导读丛书·黄帝内经素问》、《中医经典导读丛书·灵枢》等学术专著；兼任四川省中医养生康复学分会常务理事等职。

《养生保健丛书》序

　　健康是人全面发展的基础，关系千家万户幸福。随着经济发展、社会进步和生活水平的不断提高，人民群众对于保障健康、预防疾病、提高生活质量的需求日益增长。防治疾病和维护健康不能单纯依靠被动的医疗技术服务，更应该强调自身主观能动作用，进行积极主动的预防保健，特别是养生。

　　中医药作为中华优秀传统文化的瑰宝和我国原创的医学科学，在长期实践中形成了独具特色的中华养生文化。早在《黄帝内经》中就提出了"治未病"的理念，以此为源，经过历代医家不断充实和完善，逐步形成了具有深刻内涵的理论体系。这一体系，把握了预防保健的三个主要环节，即"未病先防"、"既病防变"和"瘥后防复"。"未病先防"着眼于未雨绸缪，保身长全，是"治未病"的第一要义；"既病防变"着力于料在机先，阻截传变，防止疾病进一步发展；"瘥后防复"立足于扶助正气，强身健体，防止疾病复发。其核心，就在一个"防"字上，充分体现了"预防为主"的思想。按照中医对疾病发生、发展的认识，特别强调要达到"防"的目的，就应当保养身体，培育正气，维护和提升整体功能，提高机体的抗邪能力。中医常说的"正气存内，邪不可干"、"精神内守，病安从来"等，就是这些思想的典型表达。历代医家都强调以养生为要务，认为养生保健是实现"治未病"的重要手段。从马王堆的导引图，到华佗的五禽戏，以及后世医家倡导的包括运动、饮食、情志调摄等系列养生方法，还有现在常用的冬病夏治的敷贴法、冬令进补的膏滋药、体质的辨识与干预等，都是"治未病"理念在预防保健中的具体应用。以"治未病"思想为核心的中医预防保健，是一种积极主动的生命观、健康观和方法论，重在从整体上动态把握、维护和提升人的健康状态。

当前，人们健康观念的变化和医学模式的转变，需要我们更加关注预防保健，大力弘扬中华养生文化。成都中医药大学范昕建教授、梁繁荣教授、马烈光教授等一批专家学者，秉持"立足中医、弘扬文化、古今兼收、中西结合"的原则，主编了《养生保健丛书》，分《食》、《乐》、《居》、《动》、《静》、《性》、《浴》、《火》、《摩》、《药》十大分册，全面介绍了古今中外养生保健的实用方法。我认为兼顾了科学性、通俗性、实用性，有助于读者掌握正确实用的养生保健知识。愿我们大家能从这套丛书中汲取科学养生的营养，与作者一起感悟中医养生之道，达到"尽终其天年，百岁而动作不衰"的养生目标。

二〇一〇年十一月十五日

前言

　　居，是房屋。俗话说"安居乐业"，意为温馨祥和的居室，是我们身心停泊的港湾，也是身体健康、家庭幸福、事业有成的前提。而居室的地址、方位环境、高低宽窄、采光通风、装修质量及颜色、照明等因素，都同我们的身心健康密切相关。

　　居，又是生活，通常人们2/3的生命过程都是家居生活。影响人类的100本书之一《第三次浪潮》的美国作者托夫勒认为"未来就是以家庭为中心的社会"。而家居生活中日常用品器具、花卉宠物、生活方式及行为习惯等，都直接影响着人们居家生活质量及身心健康。

　　据世界卫生组织研究表明，人类的健康15%取决于遗传，8%取决于医疗水平，17%取决于社会和自然环境条件，60%取决于个人生活方式及行为习惯。可以看出，发生疾病而损害健康的大部分因素都与患者自身有关，是可以被人为调控的，即许多疾病都是人们自己忽略可能影响健康的因素造成的。虽然，健康的重要性人人都知道，但为什么很多人又会容忍身边各种不利于健康的因素存在呢？这是因为总有人认为拥有健康是自然而然的，因而从没考虑会有失去它的那一天。其实，健康就在我们每个人手中，就看您是否具有未雨绸缪的养生理念，能否遵循养生方法，创造和利用健康的家居环境及选择合理生活方式、行为习惯，来消除许多不利于健康的因素和免除致病的隐患，这是决定能否获得居家身心健康的关键。

　　"居"作为一个文化符号，几乎包括了与人生有关的房屋住宅、家具用品、习俗行为、花卉宠物等诸多内容。我国不同民族、不同地理环境及区域的人民在长期家居生活中，产生、形成了各具特点的家居理念和多样化的生活习俗及行为方式。本书以汉民族家居理念及生活习俗为范本，同时也参考了其他民族有关的家居内容，主要从养生保健学角度并结合现代元素，以简明通俗的语言,阐述和介绍有关居住环境及居家生活的健康理念,还提出了许多简便易行的建议和实用有效的方法。希望此书能帮助您成为营造舒适健康家园的行家高手、追求优质生活品位的智者,让您拥有居家身心健康、快乐幸福的一生。

吕茂庸

2010 年 8 月

目 录

目录

目录

13

家居健康的核心是天人合一

1. 天地是人类的母亲

（1）人是自然之子

茫茫宇宙，只有地球孕育和承载着人类生命。科学研究发现，人体内60多种元素的平均含量与其在地壳中的平均含量相似，即这些元素在人体血液和地壳中的平均含量丰度曲线几乎一致（见图1）。这不是偶然的巧合，而是人与自然界进行物质和能量交换，并通过长期的新陈代谢和漫长进化演变而产生的结果，这标志着依赖自然界孕育生长的人体生命与大自然环境之间处于相互协调平衡状态。从生物进化角度看，人体是自然世界的产物，生命源于自然界。中医认为人体生命是由天地间精气物质氤氲化合而孕育诞生，并适应天地运动变化基本法则才能成形生长、进化繁衍。这就决定了人类对自然生态环境有天生的依附关系，如人们大都喜欢进入茂密的森林、乐意亲近高山流水，人体正常生命活动时时需要新鲜的空气、洁净的水源、丰富的食物等。我们都有这样的体验，在绵延起伏的山脉中，或蜿蜒流淌河水的原野上，阳光和煦，微风拂面，会洗净城

图1　人是自然之子

市的喧嚣，使人精神愉悦；呼吸着清新空气，耳闻着溪水潺潺，会令人轻松舒畅；草木葱郁，花香鸟语，可让人心旷神怡，这时人体将处于最佳身心健康状态。与此同时，人们还感觉烦恼尽消、疲乏顿解，好像变得年轻了，思维更加清晰敏捷，理解能力或创造灵感格外活跃，学习工作效率会显著提高。

为什么会这样呢？《黄帝内经》早就指出："人以天地之气生，四时之法成。"即人的躯体结构、生理与心理活动本来就具有自然的属性，要生存就必须从大自然中呼吸新鲜空气及摄入各种营养物质并进行能量交换。尤其在良好生态环境和优美景观信息刺激作用下，机体会产生一系列有利于生命延续的生理、生化及心理活动效应。所以要想获得家居健康，人们的衣食住行等居家行为、生活方式就应该主动与天地运动规律及万物生长凋零变化同步，与天地自然界紧密联系而构成为一个有机整体，即"天人合一"。

天地自然界是生化滋养万物的母亲。人类是孕育成长于天地之间的自然之子，人应主动与自然母亲联系亲近、和谐协调，做到"天人合一"，才能得到自然的呵护，从而维持生命健康。当然源于自然的人类，不能只消极适应自然变化，也可以利用自然资源和改善不利自然条件，谋求和构建良好的生态环境，以保证其生存，促进其发展。这就是说，人类既不能一味强调征服自然和对自然进行过度索取，也不能屈服于自然界的险恶困境。这就是我国道家修身养性追求的"道法自然"及"道常无为"的境界。无为，并不是无所作为，而是应依照自然事物固有的属性为原则来支配我们的行为，这就要求人们行为做事应当顺应和利用自然规律，从与天地自然同生共存的角度来获取人类自身利益。而当人们完全站在自然的对立面或违背自然法则，一味强调征服自然就会受到自然的惩罚。如因过度放牧牛羊、采伐森林引起植被破坏，导致沙尘危害、洪水泛滥即是自然对人类的惩罚，这已是不争的事实。因此，人类与自然和谐共处的观念，已逐渐引起全球越来越多人的重视，并开始成为当今许多学科领域处理人与自然关系的价值取向，它也理应是我们营造舒适生活、追求家居健康的行为准则。

·小贴士·

研究表明，露天的氧气密度一般较室内密度要高出 $10\% \sim 15\%$，人体和室外空气接触后，随着氧气对身体的作用和冷空气对呼吸道的刺激，就会产生良好的生理和保健效应，如增加肺活量，改善肺泡通气功能，提高肺泡中氧气的张力，从而增加血液中的氧气含量，使身体各部分器官组织功效上升，尤其是能够提高心肺的容量，从而增强整体生命活力。所以，多到室外呼吸新鲜空气，对健康非常有益。

（2）自然环境与健康关系密切

居住环境是影响人类健康的重要因素，无数事例说明，居住生活地方的水土美恶，生态优劣，气候良差等都直接或间接影响到人体生理和心理功能的正常发挥。因而，应该对居住环境存在不利于身心健康的因素，给予密切关注。如某地区，每当深夜12时至凌晨2时，这一带的婴儿就会哭闹不止，但一过凌晨2时，婴儿又会逐渐安宁入睡。当地有人认为这是"鬼魂"在作祟。对此现象，环境地理学家配合医疗工作者专门进行了实地考察，原来该地有一座微波发射台，每在深夜0时至凌晨2时正是微波台紧张工作的时间，因而猜测婴儿可能因受微波发射的影响，出现焦躁不安、哭闹不止现象。后来发现，婴儿只要一离开这个地区，或微波台紧张工作暂停，就能安然入睡，这才认定婴儿哭闹现象确实与环境有关。

除了上面这个例子中的情况之外，环境与人体健康的关系，还表现在某些人体所需元素缺乏或超标的地区，往往会流行地方性疾病，这也是一个不争的事实。据资料显示，克山病与病区缺硒元素有直接关系；地方性甲状腺肿是由病区人体碘摄入不足造成的；地方性氟骨病则是病区水源氟元素含量超标所致。至于家居陡崖低洼之处，或屋基为松软坡地，易遭遇滑坡、泥石流和水涝灾害的威胁；家居立交桥、交叉道路旁边，大量高速通行的车辆产生的噪音、扬尘和涡旋气流会使人们日常起居不得安宁而对健康造成伤害；住在玻璃幕墙对面，玻璃幕墙的倒影会使人有一种压抑感，其光影反射形成光污染对人体健康产生不利影响等等，上述这些环境因素是严重危害家居健康和生命安全的隐患，已经成为人们家居生活的基本常识。

良好的家居环境，不仅有利于人类身体健康，而且还为人类心智发育和成长提供了重要条件。俗话"物华天宝，人杰地灵"，即是这个道理。从地理、文化、历史等资料中可得知，在我国一些山清水秀的自然地理环境中，丰厚润泽的水土气候条件下，曾经孕育产生了很多流芳千古的文人志士，这与其所处良好的自然生态家居和地理环境不无关系。总之，自然创造人，环境影响和改造人。欲获得身心健康，就应选择和利用良好的自然生态环境作为我们的生存空间，这是人们达到家居健康、幸福快乐人生目标的重要保证。

（3）自然生态家居有利健康养生

人是依赖天空清气及地上的水和食物而生存，顺应四季寒、热、温、凉气候和生、长、收、藏规律而进化发育。总之，人体生命活动分分秒秒不能脱离自然环境。所以,越亲近和融入自然生态环境的怀抱,就越符合人的质朴天性,从而有助于人体身心健康。因此,我国各族人民因地制宜地发明了许多适应自然环境、便利生活的家居方式。如土家族人多利用山坡地势,于坡地下方竖较长的木柱、坡地上方竖较短的木柱作为支撑,上铺楼板建造成传统家居——吊脚楼;羌族人多傍山依水,以山石和黄泥砌墙,建造成雕楼为传统家居。有的雕楼高达数十米,墙面平直整齐,如古城堡一样耸立于蓝天白云之间,十分壮观,颇有天人合一的气象。其他如陕北等地冬暖夏凉的山洞窑居、蒙古草原牧民极富民族特色又便利迁徙的毡包房等,也属于适应自然的传统家居。有资料显示,居住传统四合院的居民因有更多享受阳光空气、运动锻炼及人际交流的机会,所以,他们在脸色红润程度、身体健康和心理卫生等方面,都大大优于住在高楼大厦里的居民,说明传统家居对促进人的身心健康作用是可信的。虽然随着社会经济发展和科学技术进步,很多传统家居已逐渐被钢筋水泥现代建筑所取代,但各地方这种就地取材、保护生态的传统家居,有方便生活劳作和有利于健康的一面,至今仍然受到人们的推崇和喜爱。

历史上道佛之人提倡家居养生,则属于一种自然疗法的范畴。通过居处于远离城镇和世俗的岩穴石窟、森林山洞之中,让人的身心完全地融入自然生态环境,以摒弃和抵御外界各种不良刺激干扰,使人保持恬淡宁静的精神状态,心灵回归于纯真质朴的天性。这样既能大量减少人体功能和物质的消耗,又可增强人体内脏之间的协调性和自控力,使生命活动维持并恢复本来应有的旺盛生机,就能达到祛病健身、延年长寿目的。如西藏拉萨河下游香色寺里,有一位叫仁增·曲尼旺姆的僧尼,她除了化缘乞讨外,白天修行,晚上居住都在一处危崖上的洞穴中,由于德高长寿被众多信徒香客称为"女活佛"。在当地虽然很多人都亲眼见过或参拜过她,或者听她讲经、请她摩顶,但就是不知道她的年龄。女活佛圆寂后,遗体制成木乃伊存放在该寺主殿的灵塔,接受信徒香客的顶礼膜拜。有人说她至少活了120岁,有人说她年龄远不止这个数。她的长寿年龄究竟是多少至今是个谜。当然,按现代的标准,在岩穴石窟、树洞山窑里居住,在很多方面不符合卫生防疫要求,也缺乏舒适性、安全性和便利性,所以一般不应提倡仿效。但前人在这类居处方式中摸索积累的一些防病保健方法和经验,还是值得进一步总结研究的,以供今天人们追求家居健康时参考借鉴。

2. 风水与居家健康

(1) "风水"不全是玄学

"风水"原始的观念,是寻找或营造既有"风"——新鲜洁净的空气,又有"水"——充沛清亮水源的生活居住地方,以图身体健康、人畜兴旺,是中华民族特有的一种传统文化现象。从学术研究的角度来说,"风",主要涉及人们生存的空间条件;"水",主要涉及人们生存的地理环境,"风水"是关于地质地理、建筑景观、生态环境、家居艺术、医学卫生、精神心理和天文气象及人文社会等学科的一门综合学问。它以"天人合一"为思想原则,阐述如何选择和处理住宅等房屋的位置、朝向、形式、布局、建造等系列问题的一种主张和学说,是指导人们选择居住环境、营造健康家居的方法。

人源于自然而是万物之灵,有寻找和创造适合其居家生存的最佳环境和条件的要求及能力。家居风水,其实就是人们在选择建造住宅时,对日照气候、地形地貌、水文土壤、生态状况以及居室布局、家具摆设等诸种居住环境因素的综合评判,以及由此产生的规划设计、营造原则、建筑方法及其宜忌等综合性概括,属于处理人与建筑、自然环境之间相互协调、整体和谐关系,以促进家居身心健康的一门学问。家居风水的基本取向即是寻找和利用环境中有关地形地貌、空间方位、景观绿化、土壤水文等因素来消除或避免对人们身心健康的不利因素,从而营造和谐祥瑞的生存环境,让人们获得身心健康,生活幸福。按现代观点来看,风,就是空气游移和流动;水,就是河流及湖泊。而风因山起、水随山行,风和水的流动与山脉地形,一动一静,阴阳交感相应,则构成最有利于人类及万物居处繁衍、生存发展的空间环境和气候条件。中医认为,人与万物同源异构,都是由最基本的物质元素"气"孕育生化而成。无固定形态的"气"敷布流行于宇宙之间,相互揉搓、逐渐聚合则诞生出有形之人和世间万物。"气"还具有推动激发生命活力及滋养万物的功用。因此,有了气,万物才有了生机;气旺则万物茂盛、人体健康长寿;气少则万物枯萎、人体衰弱易病;没有了气,则万物不能生长、人体折寿夭亡。而气遇风则散失,并损害人体与万物生机;气得水则存留而促进人与万物生息。可见,风水有科学合理的积极一面。

不过,风水文化在长时间的流传演变过程中,被人为掺杂了一些神秘甚至夸大的成分。同时因受习俗、观念和保守心理的影响,又使部分内容失传,使其运用逐渐偏离了风水的本意,也使许多谬论大行其道而误导世人,这是风水被视为迷信的主要原因。所以,我们对待风水的态度,应该是去粗取精,去伪存真,吸收其科学合理的部分,但绝不盲目夸大风水的作用。

·小 贴 士·

"风水"中蕴含着一些物理学"场"的观点,故可用场理论来解释风水。"场"是物质存在的一种基本形式。凡事物之间相互作用、发生反应都是通过"场"来实现的。大地山水、自然风雨、建筑家居、景观绿化等事物和人体生命,也都可以看成是一种"场",他们相互之间"场"的形式进行着联系和发生作用。而自然山水、家居建筑和人体生命之间的作用相互协调和谐则构成良好的生态环境,使万物生机盎然,人们则家居生活舒适、身心健康。反之,则是生态环境恶劣、万物生机寂静止息,使人的神情消沉、身体衰败而身心健康受损。

(2) 家居风水的理想格局

依山傍水　家居风水重点是关注人与建筑物及环境之间的关系,主张从实际出发,因地制宜地选择或者营造住房,布局环境,使人与建筑、环境之间构成高度协调、和谐统一的系统整体。故一般认为依山傍水而居家最有利于人体身心健康。因为山是自然的骨架,水是自然的血脉;山多界水,水随山转;山因水活,山静水动,阴阳依存互根,才能生气不息。因此,依山傍水的地方是最适合居家的自然环境。具体来说,依山而居,山脉及树林作为自然屏障,可减少夏季强烈阳光辐射,在冬季又可降低风速、遮风避寒。另外,山体及树林可吸收噪音而消除喧嚣嘈杂,保持环境宁静宜人;苍翠茂密的树林还可净化空气使其清新舒适。傍水而居,首先保证水源终年不涸不竭,让日常生活、生产灌溉等用水方便;清澈的河水溪流及其蒸发作用又可调节气温、湿润空气,使草木茂盛、万物生长,而形成良好生态。总之,山环水抱的地方,蕴涵着宇宙孕育滋养万物的勃勃生机,因而在此居家不仅可使人们亲近和融入自然山水,欣赏到优美景色,返璞归真,还是人体生命吸取天地精华的最佳生存空间,更是人们修身养性、宁静致远、物我两忘,而有利于心身健康的理想境界,故依山傍水被古人推崇为家居风水福地。

藏风止水 从宏观整体上来说,家居风水福地的要领也很简单,即"藏风止水"四个字。"藏风",是对流动空气而言,即通过山体等地形地势的屏蔽作用,使人们日常生活或家居房屋不暴露在劲风之下,将强风化解为和煦的气流,构成行而不散、万物生生不息的气候条件。"止水",是对河流溪水而言,指居住地方的水流不倾泻直下或奔腾湍急,流水至此蜿蜒渐缓,聚为盆地湖泊而使土沃气盛,形成培育滋养万物的良好生态环境。总之,在山岭绵延交错、群山围绕之中,流水渐慢且地势平缓之处;或山谷起伏跌宕、溪流曲折蜿蜒形成的沃野盆地上,其气候宜人,空气清新,林木葱郁,虫兽栖息,万物繁衍生长而和谐共处,是人们理想的家居风水福地、健康生活的乐园。反之则不然,如居住地方的流水分数支而去;或流水所去,开口太过宽阔,势必冲刷土地而使生气难以蓄藏,造成水来则一片汪洋,水去则石谷嶙峋,一片死寂之象;或者地处陡峭山谷,正当疾风呼啸关口,生气难蓄而万物不生。凡在这样的风水条件下,即使花木鸟兽都很难栖身生存,更不能拿来作为人类健康居家的风水福地。

(3) 影响家居风水的主要因素

家居风水文化把天地万物与人看成是一个互利共生的系统整体,用天文气候、水文地理、生态系统、建筑规划等方面知识来指导选择居住地址、营造家居、设置景观,从而处理好人、建筑、环境三者之间的和谐互利共生关系,以维护人们居家身心健康。这也是对传统"天人合一"哲学观、审美观和价值观的实践运用。因此,为了处理好人和建筑与环境的关系,就要综合考虑各种影响生态环境的因素,并依据其客观实际,通过有针对性地改造或设置手段,来协调和优化风水格局,以消除或减少某些不利因素,从而使生存环境更有益于居家身心健康。那么,主要有哪些影响家居风水好坏的因素呢?

地形地势 地形地势是影响家居风水好坏的首要因素,它不仅与居家成员身体健康相关,甚至关系到某一地区人群的兴旺与衰亡。如古楼兰国就是因为不良地理环境或地理环境恶变而使其成为当今的不毛之地、生命禁区。风水文化称绵延起伏的山体地形为"龙脉",在我国主要有起源于西北向东南延伸入海的三大"龙脉",即天山-阴山系、昆仑山-秦岭系、喜马拉雅山-南岭系;由三大龙脉逐渐分化衍生而形成无数大小山地龙脉及丘陵、盆地、平原等,为华夏多民族人民繁衍生息提供了各种各样地形地势。就宏观大环境来说,地形与地势是有所区别的。"地势"指群山起伏,其在远景中若蛟龙翻腾飞翔,似滔天水浪滚滚而来,为优为吉,体现龙脉源远流长,生气旺盛不竭。对龙脉"地势"的追求，还满足了国人尊崇龙的传统理念。"地形"指单座山峰，眼前近景的山形地貌，以稳重厚实、有积聚藏纳、生机不息之象为佳为吉。这其实也反映了古人万物源于气的观念。

从家居风水宜依山傍水的具体地理环境来说，这也是根据我国大部分地区所处纬度条件和山势地形状态而提出来的。依山（背山），可以阻挡冬天来自西北方的干燥寒流；傍水（面水），既能"迎聚"夏季来自东南方的湿润凉风，还可以获得充足的太阳光照和能量，在这样一种良好地理环境中居家生活的人们多能健康长寿，其主要归于山清水秀的地理环境和良好宜人的气候条件，且物产丰富，无任何污染等因素。

尤其是三面环山，一面朝向平坦开阔，视野远眺悦目，同时太阳日照充足，自然采光良好，通风流畅，空气新鲜，又易排水防涝，万物繁茂而生机不息，再结合优良土壤水质等因素，更是上乘的家居风水宝地。

每一家居地址的风水好坏，首先是由其所处地域大环境决定的。一般观察一个城市、县区所在地域的水源、土壤、气候、物产等方面的情况，即可了解其风水优劣。因此，凡选择和规划、建筑营造家居住地，考察判断其风水要从大处着眼，小处着手，才能避免一些潜在危害因素，使居家健康无后顾之忧。

· 小 贴 士 ·

"看风水"不全是玄学，其现代意义主要体现在观察利用自然环境因素和独具匠心的人工布局相结合，用于规划营造家居房屋及设置家居相关事物。而规划设计需要调研勘查地理方位、地质水文等情况，这在过去的说法就是"看风水"。

土壤地质　我国古代就有验土虚实以择优选取居住地址的理念和方法，如土质细密紧实、油润而不燥、鲜明而不暗为佳。反之，土质松垮粗软、黑色晦暗为劣。也有用秤称量土质轻重而验其好坏的方法，具体是：量土一斗称之，不足八斤为凶，八九斤吉，十斤以上大吉。据专家考察认为，这一相土之法，从今日地基力学的角度来看，也是有一定道理的。据《温州府志》记载，郭璞欲建温州城，初选址于江北，取土称之，土质较轻。又过江南，勘验称土，经权衡利弊，认为江南吉，于是以郭公山为据而筑建起温州城。后人称赞温州"控山带海，利兼水陆"，因而使其得到发展昌盛。此事在温州民间传为佳话，并立祠纪念。经现代地质勘探证实，温州城的地质情况也的确优于江北。由此可见，根据轻重来判断土质的好坏吉凶，是古人从实践经验中所总结出来的风水相土方法,有一定科学内涵。综合土壤承载力、渗水性、含水量等因素来分析,若砂质土壤质地致密,承载力大,含水低而较干燥,渗水性和透气性好,利于土壤净化,并易于开挖施工,为较佳的建筑用地土壤。而含大量动植物腐殖质的有机质土,颜色黯黑,结构稀疏松软,承载力较小,易发生沉降塌陷;黏质土壤结构过于致密,渗水性差,承载力一般,容易发生潮湿,故后两种土壤建房不利于居家健康。

居家地质土壤所含成分也直接或者间接与人体健康相关。人体内多种化学元素的含量与地壳及海水中同种化学元素的分布之间具有明显的相关性,两者丰度曲线基本吻合,始终都保持着一定的动态平衡。所以,看风水好坏还应了解居址土壤成分及质量,这是维护居家健康的重要环节。如住地土壤中若含有超标铅、砷、氟等微量元素,经过释放入空气中,或通过水源、食物链传递给人体,就会影响人的健康。家住潮湿沼泽地易发生湿邪袭人而导致痹证,或住在腐烂污浊等病原微生物孳生繁殖地,会增加使人感染患病的机会,所以这些土质的区域一般不宜建房居家。

另外山势陡峭、纹理错乱、怪石嶙峋等地势地貌,只能作为一种供游览观赏的自然奇观,不宜造房居家。因这些地方在地震、暴雨、狂风时易滑落坍塌或形成泥石流,从而危害居家人身和财产安全。还有地质结构复杂或地下有交叉暗河、坑洞存在,有可能放射出一些损害人体健康的振波、射线或粒子流,最为家居选址的大忌。如在波兰华沙有一颇有名气的街道,但它并不是以商业繁华、文化发达而为人所知,却是以交通事故频发而出名。当汽车驶入这条街道,司机就得加倍小心。尽管这样,交通事故还是连续不断,几乎成了华沙的"交通百慕大"。因此,人们纷纷传说这条街有"鬼怪"作祟。后经仔细考察,终于发现这条街的地面下有很多暗河交汇形成潜流,这些暗河潜流会产生一些振波或粒子流干扰人的神经活动,因而当汽车驶入这条街时,司机的正常驾驶会受到影响,易发生交通意外事故。所以,察看分辨地质结构、土壤质量,是选择家居环境,考量风水好坏的重要因素。

水源水质　水,不仅是生命之源,也是人体自身的重要组成部分,其占正常体重的65%～70%,人体绝大部分生理和生化活动都需要水的参与才能完成。除此之外,水在保持和促进个人和环境卫生及与日常居家生活的方方面面密切相关,是除空气之外,人类生存最不可缺少的重要物质。据联合国报告,21世纪对人类健康和发展威胁最大的7个环境因素中,水资源匮乏和酸雨增多两项都与水有关;而每年有近300万人死于与水有关的疾病。可见水与人体健康关系如此紧密。风水文化对家居好坏的选择评价也提出以择水为要,认为有水则有生气,水源远流长而充沛,水质清亮甘美而无污染,这不仅保证人们安全饮水,生活生产用水便利,有利于发展经济,而且还能调节气候、

家居健康的核心是天人合一

净化空气、美化环境，使该地区生机旺盛、生态良好，故傍水地理环境是居家风水宝地。但若家居选址不当或用水不善，水也可成患而摧毁庄稼、吞噬家园，或引起污染，破坏生态系统，又会给人们带来健康和财产损失。

深谙养生之道的乾隆皇帝就水与健康的关系，曾因北京玉泉山而写下《御制玉泉山天下第一泉记》，文中曰："水之德在养人，其味贵甘，其质贵轻，然三者正相资。质轻者味必甘，饮之而蠲疴益寿。故辨水者恒于其质之轻重，分泉之高下焉。"在明清两朝，玉泉山的水一直都为皇帝御用之水。用玉泉水灌溉种植的稻米、水果，也成了宫廷的御用食品。在水与健康关系方面，《吕氏春秋》也早有记载：水轻的地方，多出秃头和患甲状腺肿病人；水重的地方，多出腿肿及不能走路的人；水甜的地方，多出仪容端庄美丽的人；水辣的地方，多出长恶疮的人；水苦的地方，多出鸡胸、驼背的人。对水质与人关系的这种认识，虽属经验之谈，但却是古人关于水质与人体健康问题长期细致的观察和总结，其科学内涵值得进一步分析研究。

环境空气　通常一个成人每天呼吸 2 万多次，吸入空气达 1 万多升，重量约 13.6 千克。空气进入体内表面积为 60～80 平方米的肺泡里，经广泛扩散，机体进行吸收氧气、排出二氧化碳的气体交换，以维持正常生命活动。因此，空气是否新鲜清洁，其中有无对人体有毒有害的成分，与人体健康有直接的关系。中医认为真气是生命之气，它既是构成身体的基本元素，也是人体生命活动的原动力，它维持和修复内脏器官、形体组织的健全及完整，又激发和推动人体生理功能和精神活动的正常发挥。因此，人的真气充足，则形体强壮、功能旺盛而健康无病。而真气是由天空中清净之气与饮食精微营养物质相结合而产生。所以，中医经典《黄帝内经》强调：人们生存的自然环境中，空气清新、气候适宜，真气才能充足，从而使人的生理功能和精神情志活动有序不乱、健康不病。

其实，风水学要求在选择家居地址时，追求青山绿水且视野开阔的地形地貌，即蕴含着对清新洁净空气强烈需求的理念。多数人都有这样的亲身体会，当从繁华城镇出来，远离污染严重的工厂、矿山而置身于绿水青山、草木葱郁的山区森林、海滨湖畔等良好生态环境的地方，首先就会感到空气新鲜，呼吸舒畅，使人很快消除疲劳而令心身轻松愉悦。现代研究表明，人体之所以出现上述感受，主要原因是这里的空气中含有足量带负电荷的氧离子。虽然负氧离子在空气中所占比例很小，但它却是机体进行一系列生理生化代谢活动的重要物质，所以会对人体心身健康产生非常积极的影响。如负氧离子可增强血液携氧能力及使其流速加快，增强肺脏呼吸换气的功能和效率；进入体内的负氧离子还能中和过量的正电离子，使人的体液保持在 pH7.35～7.45 正常弱碱性状态，从而保持人体生长发育、机体组织器官功能活动及物质新陈代谢活动所需的最佳体内环境；负氧离子还能促进和改善睡眠、消除疲劳、提高学习工作效率等，故将其称为"空气中的维生素"。据测定显示，一般森林和瀑布及海边等生态良好的地方，其负氧离子含量一般比城市街道环境高 100 倍。而空气质量特别差的场所，如大型商场、长期密闭的房间等，由于人的呼吸、扬尘及化纤衣服吸附等原因，使负氧离子含量极少，甚至为零，人处在这样的环境中容易感觉头昏、胸闷、精神不振、学习工作效率低下等。由于空气的清新洁净程度直接关系到人体健康，所以它是家居环境风水好坏的一个重要指标。

另外，气象条件是影响空气清新洁净程度的因素之一，如风向、风速、气温和湿度等，都可能直接影响空气污染的危害程度及范围。其中，必须重视由于高大建筑物和各种废气排泄所产生的"逆温层"这一影响空气质量、加重污染危害的现象。通常情况下，大气温度随着高度增加 100 米而降低 0.6℃，气温呈下暖上寒而致空气由下向上运动，使地面污染物容易上升而向高空散逸。如果出现下层气温低、上层气温高的"逆温层"现象，就会阻止污染物上升，使其不容易散逸，造成该区域污染物上天无路、入地无门而不断聚集，浓度迅速增加，大大增加了空气污染对人体的危害。如在高楼林立的城市中心或周边较高的低洼地区，常常见到灰尘、烟雾上升到一定高度之后，就向水平方向漂浮散开，四处弥漫如锅盖一样笼罩在近地层的上空，造成天气阴霾，太阳无光，压得人透不过气来，同时会闻到空气中如油烟、机动车尾气等刺鼻难闻的气味。在这样的环境中，年老体弱者或者有心肺系统疾病者，很容易出现胸闷不爽、呼吸不畅，甚至发生咳嗽、喉痛、呕吐、呼吸困难等症状，这就是"逆温层"捣得鬼。近代世界上所发生的重大空气污染公害事件中，有半数以上与其影响有关。为减少逆温层对健康的危害，一是在规划设计和建造家居时要想方设法避免导致逆温层现象产生的环境；二是要减少或消除污染源，如减少汽车尾气排放、工厂排污，通过大面积种树，栽草养花，提高绿化面积来净化空气，这都是保护空气清新以利家居健康的有效措施。

· 小 贴 士 ·

在空气污染方面，还有一个词叫"热岛"，也称"大气热污染现象"。它是指因城市中某些局部区域气温比周边地区明显增高，导致该区域气候异常、大气质量低劣，使环境生态恶化、人体舒适度下降，从而给该地区居民生活和健康带来不利影响的现象。这一局部高气温地区，在等温线表示的气温分布图上，常呈海岛状，因而被称为"热岛"。这也是我们选择居住环境时要加倍留意避免的。

3. 趋利避害选择家居环境

居家生活中,自然事物和环境因素时刻影响着人的精神情绪、生理功能,进而与人体健康密切相关。因此,风水良好的家居环境及居室布局,可以起到调整、疏导、化解、整合各种信息的作用,从而有助于居家身心健康,生活幸福美满。为了安居乐业和世代昌盛,不管是昔日皇家贵族,还是普通民众都特别注重家居环境好坏,尽量寻找家居风水福地。人类居家从简单的躲风避雨、保暖防热、防范自然灾害,到追求傍山依水,辨土壤地质水文乃至顺应自然达到天人合一等方面,都积累搜集或创造发明了不少选择和处理家居风水的原则、理念,体现出前人尊崇自然法则而又合理改造和利用自然环境的智慧及方法。

(1) 传统家居环境宜忌

《搜神记》有段话很有道理,大致意思是:宅以形势为身体,以泉水为血脉,以土地为皮肉,以草木为毛发,以屋舍为衣服,以门户为冠带。这是将房屋看成为处于天地时空之中,并需依赖和适应自然环境而存在的一种建筑生命体。因此,人和住房及环境三者之间整体协调统一,就成为选择及营造健康家居的基本原则。

古人对依山傍水居家有很高的评价,明代《长物志·室庐》说:"居山水间者为上,村居次之,郊居又次之。"传统住宅理想的上乘风水布局大致是山环水抱之中(见图2),家居建筑后傍山丘,前有池塘,左有流水,右有道路;其由朝南的北房(正房),与朝北的南房和东、西厢房分居四面,并同整齐严密的高墙合围而成四合庭院;院落整体布局方正,前低后高,通风良好,向阳光明,干燥清洁,于东南角"巽"位开门,寓意"紫气东来"。门厅高大,飞檐翘角,华丽亮堂;正房位中而庄重大方,窗阔屋亮,冬暖夏凉;东西厢房配衬对称,结构协调,有向心团聚之象;屋前有回廊环绕,廊边设坐凳栏杆;中间庭院宽敞,地上铺砖石甬道与各房相连,院中植树栽花,备缸养鱼,莳花置石,这里

图 2 依山傍水家居环境

既是人们日常生活、行走交流的通道，也是运动休闲、享受阳光、通风纳凉及家务劳动的空间。当然，四合庭院的规划建造，总体上又忌过于广阔高大与周围环境不相映衬，或低矮狭窄卑小，或东斜西歪，布局盈缩失调，结构比例不均等，这皆不符合家居风水。总而言之，主旨就在于其相貌要鼎实新颖，忌枯萎衰败之征；要保持而不是破坏家居造型及环境布局的方正、周全、和谐、明亮等形态和征象，这样布局的传统家居，极有利于居家健康和人丁兴旺。

传统四合院是我国人民居家生活顺应自然、创造舒适生态环境，以追求身心健康的典范。但由于我国幅员辽阔，各地在地域环境、日照采光、气候特点、历史文化等方面存在一定差异，因此不同地方的四合院总体造型上又有一些区别。如北京四合院方正，是为了冬季日照充足而获得温暖；冀南和晋陕豫等地，夏季日晒严重，四合院往往南北窄长，以减少夏季阳光直接照射而防避暑热；西北甘肃、青海等地，为防范大风和沙尘，所以院墙建造的特别高大厚实；东北土地辽阔又气候寒冷，所建庭院常常十分宽大，院墙内空地甚广，可接纳更多日照、享受阳光温暖。总之，各地区不同特点的四合院，都是顺应自然界和满足居家舒适，追求健康生活的需要。

（2）现代家居环境宜忌

由于我国人口大量增加和城市化进程的加速，供营造家居的山水土地资源有限，或根本就没有山脉河水的都市里，要求人人都居住在山环水绕、负阴抱阳的风水福地，这很难做到。而效法佛道之人融身于自然，定居于岩穴石窟、树洞窑屋之中，这也不现实。因此，我们在选择或营造家居时，应当依据有利于养生和居家健康的风水原则，审慎周密地考察、了解家居地址、生活环境，有节制地改造和利用自然条件，尽可能获得最佳天时、地利、人和的风水格局，以达到健康幸福的至善境界。那么，当今都市人在挑选家居环境时，应该具备什么样的健康家居理念，又要注意哪些风水宜忌呢？

1）重视选择家居地址

地段　家居地址一旦确定，人们往往长期生活在那里，甚至居住一辈子，所以挑选家居地址是很重要的。首先，选居址时应尽量避开前身是工厂及其周围有工厂的地段，尤其是大量排污的化工、造纸或涉及放射性物质的企业，因这些单位会向周围排放有毒有害物质，而有的污染物还会长期滞留于空气、土壤、水中，会对人的健康产生长期、慢性的损害，甚至在体内聚积，传递给婴儿，损害下一代的健康，这是从源头上控制和预防各种污染物对人体的危害。另外，家居最好避开如电视广播发射塔、手机通信基站、输变电设备之类的地段,以防止辐射污染可能带来对人体居家健康的损害。从居家健康角度,在买房时应向开发商索要环境检测报告,有条件的可以自己请环境检测部门对相关因素进行检测,做到心中有数。

位置　在一个城镇区域购房居住,宜选择上风上水位置为佳。上风,指主导风方向,即该地区全年中产生几率最多的气流来源方位,一般可从当地气象资料获取。上水,指某地区生活生产用水的水源方位,一般即是该地区山川河流的上游位置。居住于上风上水方位,可以尽量避免工业三废和生活排污等因素通过风、水等污染空气、水流及家居小气候,从而破坏生态环境并损害人体身心健康。特别注意回避周围有垃圾及污物堆放处理站的地址,否则既有臭味污染空气,还会常与噪音为伴。

地形　选房要注意家居所处的地形地貌能"藏风聚气",以地形平缓、视野开阔为佳。而忌陡峭多风或正当风口之处。由于这些地方既不能避开可能的有害之"风",也难以藏聚有利之"气",而不能形成良好生态气候环境,不利于居家健康。但也应避免家居地势低洼、土质湿软或四周高楼林立、密不透风的地形。这种地方视野阻隔、空气流通不畅,同时不利于阳光照射,还会限制正常风速,使各种污染物不能顺利逸散而聚积沉淀,造成区域性空气污染;还会影响空气对流交换,使冬天寒冷而夏天炎热;也不利排污,易受水涝危害,导致环境潮湿、多蚊蝇或病原微生物繁殖,使生态环境恶劣而严重影响家居健康。

应回避特殊位置　居址还应注意避开一些特殊地理位置及环境,如正当古河道交会处不宜居家,因其往往是地壳中铀元素聚积之处,这些放射性物质会对人体产生极大的危害。若沿河道依水而居,当以河流弯曲的内侧即水抱之处为佳。家居一般当忌直冲(正对道路、河流)、反弓(道路、河流转弯突出部位)、剪刀口(平面或立体交叉的流水、道路部位)等地形地貌,这是有一定道理和现实意义的。一是从环境心理学角度来说,上述位置缺乏和谐圆满的美景感,给长期住于此处的人带来不舒服的视觉刺激。二是上述这些地方或环境,使人们家居生活遭遇到危害的可能性很高或潜藏的风险率很大,如家居前面正位于反弓形街道,既有严重的噪声、空气污染,也易发生交通意外冲撞事故,使人身和财产遭受损失。

综合考虑设施配套　选家居地段时,还应关注文化、医疗、商业、交通、娱乐、餐饮、治安等公共配套设施情况,这些对生活便利、安全舒适及家居健康也产生很大影响。如从居住交通方便来看,其居住区出入口最好位于交通干线路边,小区附近应有公交车站或地铁站;居家又不应紧靠农贸市场、娱乐场所或中小学校,既防止各种喧哗吵闹的噪音干扰,又免除较频繁来往人流造成交通不畅。另外,还应考察和了解居址及其周围是否存在其他特殊情况,如周围有空地或待拆旧房,应该知道今后会是什么建筑或规划项目,建成后是否会发生遮挡光照、阻隔视野、产生噪音或污染空气等潜在问题。总之,全面考虑,综合分析,权衡利弊得失之后再做选择决定,才可能获得舒适而满意的家居,使居家身心健康有所保证。

2) 宜选低密度住房

住房的建筑密度,是指小区全部建筑投影面积占整个小区用地面积的比例。一般建筑密度越低,绿化越好,气流通畅交换合理,则家居及其环境空气清新,舒适宜人,公共活动空间宽阔,住户有足够的休闲健身、娱乐和人际交流场所,住区文化生活内容丰富、品位高雅,就越有利于人们居家身心健康。现在国家规定住宅建筑密度最大指标值,低层为 50%,4～6 层为 30%～40%,7～10 层为 25%～30%,10 层以上为 22%～24%。

建筑密度合理与否是考察评价家居风水好坏的一个重要内容。风水文化认为宇宙天地自然界是人类生存的"大宅",其中充满人类健康分秒不可缺少的空气,故谓"人在气中游"。因而人体居家健康不仅依赖口鼻为之"气口",也离不开住房门窗、小区建筑物空间等环境"气口",这些"气口"皆关系到人体正常吸入新鲜空气,排出代谢废气及居住舒适度而与居家健康有直接关系,所以"气口"总宜宽阔通畅而忌狭小壅滞。

若小区建筑密集,楼幢前后紧挨,距离太小,房屋布局拥挤或结构不合理,必然影响空气正常流动交换,令居住环境缺乏新鲜清洁空气,污浊废气又难以迅速排出,使其空气混浊污染,不仅导致生态环境恶化,降低居住舒适度,还会促使病原微生物孳生传播,增加人体受邪发病机会,必然影响家居心身健康。

如"非典"时期,香港一小区住户大面积感染,使 300 多人发病,40 多人死亡,这个案例的罪魁祸首,就有家居环境"气口"的问题。据香港中文大学建筑专家对该小区环境进行调查研究认为:发病区域由于楼房的间距太窄,导致两座楼房间产生的气流形成一道风幕,造成"风闸效应",封闭了楼房内天井即环境"气口",使天井内空气流动非常缓慢而壅滞不畅,作为传染源的病人通过飞沫污染了天井内空气,让含病毒空气在天井内上下流动,徘徊不散,使病毒扩散到其他楼层,从而导致整栋楼住户大面积感染发病,甚至死亡。对此,研究人员依据实际情况提出改善风水处置方法,即在天井出口附近的适当位置安装"定风板",改变天井出口处的气流压力分布,消除"风闸效应"而使天井内通风流畅、空气新鲜,或可以消除一户人发病传染给整栋住户的情况。从这里看出,家居及其房屋环境的气口通畅,保持空气清新与人体健康关系多么重要。

另外,住区建筑太密所致环境"气口"过小,或设计施工不合理使空气交换通道不畅而致气流缓慢，还将引起局部气温、湿度、气压等因素发生变化，从而导致家居微小气候恶劣；其他如住房建筑的外表形态结构、屋顶形式、外部色彩等因素，也对其周围的风速变化、太阳热能的吸收利用产生影响，使房屋建筑在冬夏两季的散热量多少和温度高低有 3%～7% 的差别，这些都是与居住区环境小气候和室内微气候有关的因素，会影响居住舒适度和家居健康。

为了家居通风顺畅，日照和采光良好，前后相邻房屋之间应有足够的距离，一般要求 10 层以下相邻房屋之间，南北方向应保持房屋高度 1 倍距离，东西方向间距不低于 6 米。而就目前现实情况看，全面达到健康住宅标准的小区不多，主要存在密度过大、绿化率低、空气洁净不达标等问题。

3）家居方位宜朝南

人类生命同自然万物一样也离不开太阳光照，以维持正常生命活动，居家健康、延年益寿才有保障。因此房屋建筑不仅要具备防风避雨、保暖御寒等基本居住要求，还要尽可能让人们多享受温暖日光和清新空气。这是影响居家舒适和人体身心健康的重要因素。所以，从繁华城市到乡村小镇，不管是宫室庙宇，还是村舍民居等中国传统建筑，皆以坐北朝南为最佳风水方位，这是很有科学道理的。因为我国大部分地区处于北纬 45°以南，在冬季时节，太阳低而斜射，房屋面朝南方，可以使室内获得较多阳光直接照射，这有助于提高室温，保持屋内居家暖和舒适；在夏季时节，太阳高而直射，房屋朝南，则可以避免阳光直接照进室内，以防止气温升高而保持屋内凉爽宜人。因而坐北朝南房屋，可以改善家居小气候，维持室内冬暖夏凉的宜人环境，能提高居住舒适度，促进人们居家身心健康。同时也降低保暖调温设施的使用频率和时间，有利于环保节能和降低生活费用。

充足日照　日照，指太阳光通过房屋门窗直接射进室内的时间和强度。一般朝南的房屋可以保证冬季满窗照射阳光 2 小时以上，是健康家居的基本要求（见图 3）。

俗话说："有钱不盖东西房，冬不暖来夏不凉"。阳光直接照射室内，既可部分杀灭室内环境中的致病微生物，还有除去潮湿霉气而净化空气的作用，并让人体适时接受阳光以助维生素 D 的

图3　充足阳光

形成和钙质的吸收利用。总之,居室里时常感受到明媚阳光,总让人觉得欢快舒畅,心情愉悦,会给人带来青春活力与生机,使人精神振奋,情绪饱满而令学习工作效率提高。所以,挑选方位朝南的家居,阳光照射时间和强度可得到充分的保障,能够满足人体生理及家居卫生对日照的需要,有利于提高生活舒适度和家居身心健康。在我国大部分地区,由于季节变化和一天之中太阳运行方向的原因,一般朝东的居室在上午日照充足,而正午后很快即减弱至缺失;朝西的居室正好相反,在上午日照缺失,而正午后即快速转强;朝北的居室,在冬季室内照不到一缕阳光,夏季阳光也仅仅是早晚在窗户边露一下脸而已。因此,选择住房时,要了解当地不同朝向房屋的日照时间及强度变化,再结合个人的喜好和实际需求,才能获得令人满意且有益身心健康的家居房屋。

人们会问,一套住房有几个房间,又以哪个房间来定家居方位的朝向好坏呢?通常应以主要房间朝向来决定,如一般以客厅及主卧室窗户朝向南面为佳,其次以主卧室或多数房间窗户朝南为佳。另外,关于住宅的方位朝向好坏问题,不同的地区还应作具体的分析,不可一概而论。例如,在南半球住房最佳方位就与北半球有不同之处,但顺应自然环境,追求天人合一的理念却是相同的。

· 小贴士 ·

太阳积极地干预着整个地球生物圈的活动进程,其光照在为地球提供巨大热量的同时,也为人类生命提供原始动力。虽然人体胃肠蠕动、血液循环、肢体屈伸等运动,是靠空气、食物等营养物质为细胞提供能量来完成的,但细胞及组织器官的原始动力又离不开来自太阳光热射线的能量,使细胞中的分子发生电离、激发、修复、再生,周而复始,从而带动细胞、组织器官乃至整个生命体的新陈代谢运动。因此,从某种角度说,太阳光照射线为人体生命活动及其进化发展提供了原动力。

良好采光　采光,指居室内得到自然光线的强弱多少,一般可用采光系数和照度系数来衡量。采光系数,是指房间有效采光面积与室内面积之比,一般应在 1/8～1/10。照度系数,是指室内学习工作平面上,自然照度与同时间室外水平面接受整个天空散射光照度的百分比。自然良好的采光对人体保持正常生理活动及促进居家身心健康有积极意义。通常客厅、卧室、厨房等重要房间都应有良好采光,其最暗处照度系数一般不能低于 1.0%。而卫生间、楼梯等处不能低于 0.5%。总之,在白天不开灯的情况下,要保证这些地方能够进行日常活动,才有利于人们居家身心健康。人类长期处于和谐协调的全光谱自然光线的照射环境,在依赖和适应全光谱日照采光的同时,产生形成人体脏腑组织及其生理、生化功能活动。如生活学习工作环境采光良好,即来自天空的自然光线使房间内或者学习工作台面保持明亮,使人的视觉系统和神经系统处于舒适健康状态,不仅有益于心理及生理功能活动正常发挥,也令人心情愉快,精力充沛而提高学习和工作效率。若房间采光不良,室内光线昏暗,会导致大脑兴奋度明显下降,不利于人体神经系统和脏腑生理功能的正常发挥,甚至使人陷入疲乏倦怠、昏昏欲睡状态。若居室、办公室、车间等无自然采光而长期使用人工照明,则易使人的视觉功能过度紧张而疲劳,严重的会导致头部昏胀、四肢疲劳,天长日久易使人患上近视眼及其他眼部疾患。可见良好采光及合理照度,与家居健康关系密切,室内缺乏自然良好采光而完全依赖灯光照明,无疑会严重损害居家健康。

明暗阴阳协调 夜晚、黑暗、弱光属阴,白天、明亮、强光属阳。自然界日出日落,昼夜变化,阴晴相间,明暗更替而阴阳协调平衡的环境中,人类及动植物才得以正常成长。假若寝室如同阳光房,整天都是耀眼夺目的日光;或住房附近建筑物玻璃幕墙、釉面瓷砖及磨光大理石等反射光线令人眼花缭乱;或夜幕降临家居光照明亮晃眼如同白昼,以上这些即形成所谓光污染。研究发现,长时间在光污染环境中生活和工作的人,眼睛视网膜和虹膜都会受到程度不同的损害,使视力急剧下降,白内障的发病率高达45%;还会令人头昏脑胀、心烦不安,甚至发生失眠多梦、食欲下降、情绪低落、身体乏力等症状。若夜晚光照强烈如同白昼即"有阳无阴",则对人体除了上述损害之外,还会扰乱体内正常的生物钟,令人在夜晚应当安静休息时反而亢奋不寐,或失眠多梦、惊惕不安;相反,人在白天应情绪饱满、精力旺盛反而出现无精打采、精神不振、学习工作效率低下等。同时人工白昼还会伤害植物、鸟类和昆虫,破坏它们正常生长繁殖过程,会给家居绿化、宠物饲养带来不利影响。因此,虽然房屋宜采光良好,但其窗户也不能太多或过于宽大,甚至变成阳光房而全天日照,一览无余。而居室窗户太少或过小,有的房间甚至无窗而终年不见自然光线,一关灯光就昼夜黑暗,则阴气太重,住在这样的房屋里,日常家居生活不便,居住舒适性降低,对居家心身健康会造成不利影响。所以,人们生活起居的房屋空间环境既不能阴暗少光,也忌光照眩目,应根据家居生活实际需要,保持明暗阴阳协调,符合现代采光照度要求为宜。

影响居室日照、光线的因素有很多,不仅取决于房屋朝向,还与房屋前后建筑物的间距,居室层高、进深、窗户大小多少、窗玻璃透光率及房檐、树木遮挡等因素有直接关系。一般日照充足的房间则光线明亮;但采光好的房间则不一定有充足的日照,要注意把握两者的联系与区别,统筹兼顾才能选到健康家居。

4)水是家园的灵魂

水是自然界的一种重要资源,通常一个地方水量充沛,水质甘甜,则其自然生态环境优良,万物生长葱郁茂盛,人体居家健康就有保障,所以说水是家园的灵魂。风水文化常以山脉为"龙",并观察其形态走势来给家居住址选择良好的风水环境。但由于自然界流水多与山脉相伴,流水如同山的血脉,水流弯曲缓急、源流长短变化也可看成是"龙"的形态。所以家居之地若无突出的山脉,则可以视流水为"龙",并观其形态走势,来考察家居环境风水好坏。故观水"龙"之形,察水"龙"之势即成为评价家居风水好坏的重要内容。如以家居为中心来观察河流之水或人造小溪,一般认为流来之水要源远流长而有屈曲渐缓之势;横向水流要有回绕环抱之形;流走之水要有盘桓欲留之态;汇聚之水应有洁净清澈之质,家居之地具有上述流水皆为吉,对家居身心健康有积极影响。若水流有直冲斜撤、峻急湍泄、反跳倾下等形态或走势,则皆为不吉,会给家居健康带来不利影响。

水不仅营造良好生态环境,有调节气候、净化空气、美化环境的重要作用,是维持人体生命的基本营养物质,还是人体摄取和消化吸收其他营养物质的重要媒介,如微量矿物质元素即是以水为溶剂才能被人体利用。人可七天不吃食物,但不可一日不饮水。在一般情况下,除随食物摄入和营养物质在体内被消化而产生的部分水分外,人体每天至少还需1500毫升左右饮用水,才能满足正常生命活动的需要。所以,水对身体健康及疾病治疗都至关重要。如果饮用了受污染的水,或水中污染物通过食物链进入人体,就会给健康带来极其严重的危害。如病原微生物污染水源,可引起伤寒、痢疾、肠炎、霍乱、甲型毒性肝炎等传染病;或工业、生活废物污染水源,可引起水污染中毒导致"公害病";或某些土壤里微量元素渗入水源,使其在水中含量超标,或水中某些人体必需微量元素过低,则可导致"流行性地方病";若因水源不足导致生活饮水、用水困难,不仅降低生活品质,也给家居健康带来严重影响。因而充足水源、良好水质在家居风水选择中具有特殊重要意义。当然今天城市家居多用自来水,为了家居健康,人们要有保护水源的观念和

安全卫生用水、节约用水的习惯。如不要在水管上乱接冲洗厕所、地板及浇花用的管子，以防因虹吸作用使污染物进入公共自来水管；临时用水管应用时现接，用后即去掉；平时保持水龙头清洁卫生，及时更换滴漏、失修的水管或龙头；高层有水箱的住户要做好定期检查清洗和消毒工作，水箱口要有防尘及防昆虫、老鼠钻入的措施等。

5）景观体现天人合一

天人合一是中国传统文化的精髓，是追求高品质家居生活，获得心身健康的核心理念，它深刻地影响着我们日常生活的衣食住行等方面，而居住小区里人与景观绿化和谐共处是其重要体现。景观建筑及绿化是人们直接范山模水，尽力师从天地造化并效法自然万物的人造自然生态环境，它融艺术观赏、环境美化、养生保健、空气净化、水土保持、调节气候、降尘隔音、增强土地渗透性而有利地下水补给等众多功能于一体，规划时宜根据对实际地形地貌的观察和审视，并运用天文气候、地质水文、土壤地貌和视觉美学等方面参数进行设计营造，才能达到上述目的。在景观风格、结构形式上可突出当地特色，或某一异域、国外的风格，但不要破坏周围大环境原有的自然和人文景观，应与之协调共存。其建造时体现以人为本，注重景观绿化观赏功能与多种环境保护功能的协调，区域人文特点与景观风格相统一，将精神文化空间和绿色使用空间有机融入景观，独具匠心地布局营造楼、台、亭、榭、小桥、流水等各种景物，还可用借鉴、微缩等手法把环境、时空因素如山水、云月、光影、声音、季象等巧加安置，并根据当地冬季和夏季的主导风向，合理布局植物及景观建筑，达到冬季挡风保暖，夏季遮阳纳凉的效果，构造出一个综合立体的自然生态环境，让人们信步徜徉其间，就能通过感应自然万物的气息，使人心情放松、愉悦舒畅，由自然进入自我，从而升华并领略到天人合一的理想境界，以满足住户的生活及精神需求，达到维护人们家居身心健康的目的。

6）绿化营造生态环境

健康居住小区一般要求绿化率不低于 45%。良好自然的植被和人工绿化不仅令人赏心悦目，还可以调节湿度、温度、风速，吸收并消除二氧化碳、二氧化硫、光化学烟雾等有毒有害气体，并释放出人体所需的氧气，从而改善居住区及家居小气候；还能阻留空中飘尘和悬浮颗粒物而净化空气，提高空气质量从而增加居住舒适度，营造出有利于心身健康的家居生态环境。另外，绿色植物还有吸收和阻挡噪音，减少或消除空气中的放射性物质、保护水土流失、补充地下水等作用。因此，栽树种草是保护环境、防治大气污染、营造健康居住小区不可缺少的一个重要而有效的措施。为了提高植物防治污染的能力，还应根据居住区环境潜在污染源的性质和种类，有针对性地选择种植抗性强的植物。例如,在广场四周种植柏树、松树等,有一定的抑制病菌孳生或部分消灭致病微生物的作用;在道路两旁种植洋槐、棕树等,能够部分吸收汽车尾气形成产生的光化学烟雾;在庭院种植菊花、月季等,可以吸收空气中的油烟等多种有害气体。居住区绿化还应注意尽量避免栽种对人体健康有潜在负面影响的植物,如夹竹桃类等,因其有挥发性气味,经常与人接触,会给人体健康带来不利影响。

为提高居住区绿化的观赏和使用效率,整体绿化应与局部绿化相结合,将乔木、灌木、花丛、草坪等高低错落搭配,地表植被、景观水系、墙壁攀爬、屋顶藤架等绿化方式有机结合起来,使居住区绿色环境空间尽量得以延伸扩大。还可把攀爬植物架空,在其下面设置步行小道、休憩亭榭,营造成既是良好的生态景观环境,又是居住区休闲活动的空间。在绿化植物品种选择上不仅应满足美化环境,还应考虑植物种类对土壤的适应性以及植物之间的相互影响。所以,应选用乡土树种和适生树种为主,并合理搭配常绿植物与季节性植物。特别要防止大量移栽高龄树木,因为移栽高龄树木不仅会破坏其原生地的生态环境,而且移栽后树的成活率一般仅为70%左右。高龄树一旦移栽,即使成活后也会加速其老化,大多在十几年内逐渐变成缺乏生机的老树。因此,移植大树不能作为家居或居住区绿化、美化生态和景观建造的主要措施。在有条件的小区,还可栽种部分蔬菜、果树、中药等植物作为绿化品种,既能一定程度地为住户提供日常蔬菜、水果等,又可增加居民参与户外活动的机会,以加强社区人际交流,满足保护生态环境、创造舒适家园的追求。

· 小贴士 ·

据观测,10平方米树林或25平方米草坪即可消耗掉1人全天呼出的二氧化碳气体;一般有害气体经过绿化地后,可使有害物质的含量减少1/3;一亩树林每天大约可吸收70公斤的二氧化碳,并释放出50公斤的氧气;一亩树林每年能从环境空气中过滤出粉尘1000~3000公斤。说明树林草坪绿化非常有益于人体家居健康。

挑选健康家居有讲究

俗话说:"安身立命",意思是说人们以家居为生命之本。置业安居是人生的一个重要目标,每个人的经济条件、文化水平、职业类别、性格情趣等具体情况不同,因而在选购或建造住房时,需求和喜好的侧重点就有差异,所以挑选或营造什么样的住宅为好,要由自己来把握;没有最好,只有更好。但花费人们大量金钱和心血购置或者建造一套住房,除了要求它遮风挡雨、保暖防热、安全私密等最基本生活用途外,还希望其让自己住得舒适,居得健康,生活幸福,从而促进家庭和事业的兴旺发达。所以考察挑选实用健康的家居时,要根据个人及家庭实际情况,参考不同区域地段优劣、城市发展、气候特点、物价等因素,并遵循经济上统筹兼顾、生活上平衡协调原则,除了进行全面分析及综合考虑外,还应考量家居环境风水好坏、房屋户型结构等,才能达到上述满意结果。涉及家居区域地段、环境风水等内容在前面已经作过介绍,这里重点讲述健康家居挑选原则,并具体介绍合理的户型结构、房间布局及其大小比例,还列出某些不利于居家心身健康或有瑕疵的户型及房间,以供大家选购或建造家居时参考借鉴。

1. 健康家居挑选原则

居住房屋的户型结构、面积大小、平面分布、空间容积、高层低层等都是关系到家居身心健康的重要因素。但由于规划设计和建造施工诸方面受生活观念、经济水平、政策导向、开发商利益等各种因素制约,因此不同城市、不同年代及不同开发商为人们提供了无数式样、各种结构的房屋户型。不同的户型在功能配置、使用效率、便利性及舒适度、平面分割比例、布局合理性等方面都存在差别。为了居家满意,生活方便、舒适安逸,而又有利于居家身心健康,我们在选择房屋户型时应遵循如下一些原则。

（1）功能分区要明确

住房的总体使用功能虽然简单,但人们要住得舒适并获得身心健康,家居生活的方方面面需要多种功能空间,并且要求房屋的这些不同功能空间在布局上不能随意混淆。所以,挑选一套家居住房时,应首先考察其是否具有如下几个功能分区。

公共活动区:主要供日常起居、接待宾客、家人聚会、休闲娱乐使用,一般由起居室或客厅、餐厅、门厅、健身房、娱乐室等组成。

私密休息区:主要供处理私人事务、休息、睡眠用,多由主卧室、次卧室、书房、保姆房等组成。

辅助区:即为居家生活方方面面提供支持、配合、协助用,主要由厨房、卫生间、盥洗室、贮藏室、阳台、过道、天井等组成。

在设计和建造布局一套住房时,要明确房屋各个组成部分的基本使用功能,既让每一局部空间环境能够满足家具设施布置摆放及基本功能的正常使用,又遵循日常使用时动与静互不干扰,污与洁不相混淆,干与湿能够隔离分开的原则。所以,健康家居应统筹兼顾处理好这 3 个功能区的布局与联系,让其功能得到充分发挥,空间得到合理使用,才能使家居生活舒适便利,获得家居身心健康幸福。

（2）先后主次有序选择

城市楼房流行的房屋户型,随着时代发展在不断变化,相对来说,每套住房都有各自的优势和不足。在同一城市,相同地段和面积的情况下,一套家居住房的优劣主要由户型结构、朝向、房间分割布局和大小比例、楼层及绿化景观等因素所决定,这些都会影响到该套住房使用的合理性、效率性,也与生活舒适程度和家居健康密切相关。那么,我们在挑选住房时,应当怎样权衡其利弊轻重,如何考虑其先后缓急呢?现就住房各组成部分的重要程度,以先后次序排列如下,供选房时参考。

一是看客厅或起居室是否合理,如开间宽窄、日照强弱、布局是否适宜等;二看主卧室的面积大小、舒适和私密性、通风采光等;三看厨卫房间是否能直接采光通风,其功能配套设施等是否齐全完备,操作使用是否方便等;四看书房、次卧房、阳台、餐厅是否配套,设置是否合理等情况;最后才考虑如门厅、过道、贮藏间及天井、楼梯、楼道等处是否合理适用。当然世间没有十全十美的事物,由开发商提供的商品住房总是良莠不齐,但只要按上述那样主次分明、先后有序地考量比较,在实际挑选住房时,注意对客厅、主卧室房间择重选其优,其他房间则兼顾配套实用,就能选到自己需要而又满意的住宅,使家居健康幸福得到保障。

(3)房屋大小空间适中

一套房屋的面积大小、空间高低、平面布局、结构比例等情况,不仅影响人们的视觉心理感受,还直接与人们居家身心健康密切相关。古人很早就认识到这一点,如《吕氏春秋》中就有一段很有道理的话,"室大则多阴,台高则多阳。多阴则蹶,多阳则痿",用白话来说就是"室内空间大了,见不到阳光的阴处就多,住的时间长了,容易患身体僵硬、动转不灵的疾病;房屋位置高,能接受到阳光的阳面就多,可是住的时间长了,容易患肌肉萎缩无力的疾病。古人观察和验证住宅与人体健康关系后得出的这一经验总结,是很有道理的。

那么,住多高和多大容积的房子较适宜呢?

层高,指室内从地面到天花板的净空高度,又称净高。容积,指家居人均所占的室内空间大小。在面积相同条件下,净高低,容积便越小,会影响居室通风换气和空气新鲜清洁,降低家居生活舒适性,不利于居家健康。

通常人体呼吸会造成居室里空气成分在一定高度范围内发生较显著改变,这一高度空间被称为"呼吸带",一般位于室内 1.2～1.4 米高度范围,即正当人的坐姿或站立时呼吸空间。当房间净高低于 2.6 米时,经测定室内空气中二氧化碳浓度和其他有毒有害物及病毒、细菌等的含量容易超标,且主要分布于"呼吸带"空间范围。若住宅人口拥挤即房屋容积较小,"呼吸带"的空气恶化较快,敏感的人如老人、小孩及孕产妇或病人就会有不适感;若再加上室内吸烟、烹调的烟雾或外源性有害气体等因素,则会导致空气严重污染,人就会出现呼吸加快、心烦胸闷等反应。

习惯上以空气中二氧化碳浓度来反映室内有害气体的综合水平及空气清新程度,并作为观察测定和评价室内通风换气效果的一个指标。正常空气中二氧化碳含量为 0.03％左右,由于人体呼吸的原因,一般居室二氧化碳浓度在 0.05％以下时,属于清新洁净空气;若其浓度大于 0.08％时,敏感的人就开始有不适感觉;若其浓度大于 0.1％时,人就会觉得空气混浊不堪;若当其浓度大于 1.5％时,就会令人心烦胸闷、呼吸加快、反应迟钝,学习工作效率明显降低;若其浓度达到 5.0％以上或氧含量小于 18％时,就会使人出现头昏嗜睡、头痛、耳鸣、四肢酸软、疲乏无力等症状;若其浓度达到 8.0％或以上时,人就感觉憋气而呼吸困难,直至意识不清而昏睡,甚至发生死亡。可见居室过于低矮或者居住狭窄即容积太小,使空气中二氧化碳浓度和其他有毒有害物质含量升高,会极大地影响居家身心健康。相反,居室越高,容积越大,室内气流通畅,换气良好,空气越清新;同时"呼吸带"也不容易大量聚集二氧化碳气体和其他有害气体及病毒、细菌等病原微生物，并减少了与人体接触的几率，就降低了人体发病可能性和对居家健康的不利影响。房屋净空高、容积大，还令室内日照采光充足，微小气候宜人，使家居舒适、生活方便，给身心健康带来有利影响。但是，过度追求高大房屋，会增加资源消耗，也不利于保暖节能，造成一定资源和财物浪费。同时人少而房间过于高大，会使人产生空荡凄凉的感觉，缺乏家的温馨，一定程度上也不利于居家身心健康。

综合分析以上情况，权衡多方面利弊，结合我国人多地少实际，从居住舒适、家居健康出发，居室净高一般南方不低于 2.8 米，北方不低于 2.6 米，人均居室容积不小于 25～30 立方米为宜。

· 小 贴 士 ·

房屋的结构布局有利于空气直线流动，使室内通风流畅，是令家居舒适而有益健康的保证。一般来说，一套住宅有两个朝向为宜，且两个朝向的外开窗户相对，这样容易让房间内部空气流动从而形成"穿堂风"，以保证室内空气清新洁净、微小气候良好宜人；而在北方寒冷、多风地区，至少也应有两个相邻朝向的外开窗，让空气流动能产生"转角风"为宜。

（4）高楼矮房各有所宜

就目前来看，在城市购房住家已很难有平房或者四合院，居住多以楼房为主。而住高层楼房还是多层楼房好？住多高的楼层最理想？这是买房居住时，经常困扰人们的问题。住宅一类的楼房，"多层"一般是指 6～7 层高，"高层"是指 10 层及以上。"多层"和"高层"在居住舒适性、生活便利性及与居家健康的关系上各有特点，没有绝对的好坏优劣（见图 4）。不同的楼层在实际景观视野、空间环境、微小气候等方面多少都有差异，会给居住舒适性、生活便利及家居身心健康带来利弊不同的影响。所以，要结合房屋的地段、方位朝向、结构布局等具体情况，并根据自己的实际需要来选择高低楼层。现仅从住房高低角度谈谈其与居家健康的利弊关系。

1）高层住宅优势明显

一般情况下，住高楼层光线遮挡相对较少，视野开阔而远眺景深，采光良好，日照时间长，自然通风效率高，且易避开低层建筑和外界环境在视觉、声音、光线等方面的干扰，也较少有临街机动车、营业场所等产生的嘈杂声音、扬尘及废气污染，这些都是与家居生活舒适、身心健康有关的重要因素。

鉴于以上所述,目前人们一般比较喜欢挑选高层住宅。如通过高层房间合理适时的自然通风,可以有效换气排湿,显著地降低夏季房间气温,改善室内闷热状态,获得良好的微小气候品质。另外,高层房间较易获得充足日照和良好采光,故又可借太阳光照和热能来提高冬季室温,以助室内暖和舒适。这样在冬夏两季既可减少因房间保暖或降温所需的空调运行频率和时间而节能环保,又可获得居住舒适性而有利于家居身心健康。

但是否居住高层楼房总比低矮房屋舒适和更有利于家居健康呢?从许多方面对比分析得出的结果并非如此。如从居住区气流角度看,某些高层住宅的环境空气并不是想象的那么新鲜洁净。其原因是在主导向风和下暖上寒气温的作用下,含有扬尘、悬浮颗粒、

图4 城市楼房

各种有毒有害气体及病毒、细菌等污染物的气流不仅要水平移动,还要向上升散并且在离地30米左右的高度范围内徘徊浮动、飘行逸散。环境中的污浊空气多半聚集在这个区域,即相当于楼房的9～11层之间。说通俗一点,即9～11层是空气质量相对较差的楼层,并不像很多人认为的是"黄金楼层"。但这仅是从楼层高矮角度上分析而言,而楼层空气质量及环境好坏的具体情况,应从多方面,如住宅的方位、朝向、前后楼之间距离、居住区周围环境等因素来考虑,故不能机械地看待这个问题。另外,一旦出现诸如缺水或水压降低、停电或电梯故障、发生意外事件等情况时,高层住户将比低层住户面临更多困难或风险,这对居家身心健康会产生极为不利的影响。

若喜欢顶层的住户,尤其要多关注以下两个问题。其一,由于顶层受阳光直射时间长、面积大,所以要特别了解屋顶的隔热措施和效果。如察看净空是否比其他房屋要高些,屋面是否按规定位置和高度设置有通风层,其结构是否有利于空气流动和散热,是否有坡面屋顶等特殊结构。其二,顶层屋面如有破损,下雨时积水容易发生向下渗漏,一旦出现这种情况将是十分令

人头痛的烦心事。而顶层屋面破损常发生于结构和构造变化部位。因此，选顶层时最好避开这些部位所在的户型。同时要从开发商处询问了解或请专业人士察验屋面防水措施性能及施工水平，这些决定了防水效果及其耐久性，从而关系到居住舒适性和家居心身健康。

2）居住低层贴近自然

居家于低层或底楼，由于贴近地面，人们常能聆听树叶飒飒声、鸟鸣蝉叫声，或可观赏蜻蜓点水之姿、蝴蝶翩翩飞舞之态；低层住户还可在室内轻松随意、近距离地享受窗外廊亭水榭、葱郁花卉等景观绿化，使人心身能更好地融入大自然的生态环境中，增加了居住舒适度，而有利于居家心身健康。另外，人是带电生物体，并通过运动、进食等不断发电与充电。若当人体所带电荷升高而又未被及时释放，会对自身和他人健康产生一定的不利影响，如与人握手或碰触家用电器时会产生电击现象，严重时还使人体内脏组织器官生理功能紊乱失调。而居住低层或底层，由于有更多贴近地面而融入自然界的机会，能够适时释放体内生物静电，容易消除人体生物静电给健康带来的负面影响。所以，最理想的住宅是贴近地面而拥有良好生态环境的四合院。底层住宅若有庭院、天井，还能便利地植树种花、立亭树、造景观等，使生活丰富多彩而增添居家品位，更能促进居家身心健康。

四合院或底楼住宅还非常适合老年人生理功能、生活规律及身心健康的需求。老年人退休后家居生活时间较多，日常出行率较高。因而居住四合院或底层会方便进出，以很好融入社会，有利于人际交往，可避免因孤独、冷落、缺少阳光和运动等因素而产生抑郁、焦虑等消极情绪，也有助于防止肢体关节、内脏组织器官生理功能严重衰退等病变，从而给家居身心健康带来积极影响。

当然，低矮住宅也有很多不足之处，如存在"视线干扰"缺陷。所谓视线干扰，指室内空间容易暴露在旁人视线范围之内而不利个人隐私保护。若住房之间间距较近，低矮住户的室内空间情况及日常生活，容易暴露在窗外行人或相邻高层住户的众目睽睽之下，以至常常需要放下窗帘来保护隐私，给日常居家生活带来许多不便。另外，底层住户尤其要注意厨、卫房间应具有自家独立的下水排污管道，而不应与上面各楼层的排污管道连接，以免发生意外堵塞导致污水倒灌。其他还应察看阴、阳沟是否通畅及其与城市排泄管网、化粪池的连接是否按规定处理。若阴、阳沟不通畅，则易污水四溢；若阳沟违规与化粪池相连通，遇化粪池倒流则臭气熏天。一旦出现这些情况则低层或底层住户首当其冲，深受其害。房屋低矮因相对潮湿而易生白蚁，也易受周边商贩制造脏乱差及噪音的干扰，特别是小区内汽车尾气排放集中、社区安全防范难等，都是影响低层或底层住户家居身心健康常见的不利因素。

一般来说，在不考虑其他因素情况下，住楼房选择总层数的 1/3 以上、2/3 以下为较好层次，如低层建筑以 3～4 层为佳，而 30 层高建筑以 12～20 层为佳。

> **·小 贴 士·**
>
> 许多人以为身居高楼就能"远离噪声"，这是一个不切合实际的观念。事实上，若仅就声音的传播距离而不考虑阻挡因素来说，住在 20 层也难以避免噪声干扰。这是由于声音是直线传播，且在无阻挡时可传较远距离而不消失。所以越到高层，因障碍物越少，噪声越无阻挡而难以减弱，越能自由地往上传递，有时甚至会比低层更吵闹烦人。而住在低层由于有较多建筑物、高大树木等对噪音产生有效吸收和阻挡，会使其得到减弱或消除，有时反而相对安静些。

2. 健康舒适家居透视

家居房屋面积大小适中，会给人一种舒适亲切感，不仅有利于家居身心健康，还能降低建筑装修费用而减少资源和财物浪费。但是房间过于狭小低矮，会使人产生压抑憋闷，透不过气的感觉；若人口少而房间过于宽阔，又缺乏家的温馨感，且增加冬天保暖、夏天调温的能耗及费用，难以达到家居的合理布置和有效使用。所以，居住多大面积的房屋为宜，这应依据家庭人口多少、住户实际需要及经济承受能力、国家资源和住房政策等情况来决定。总之，一套住房的各个功能区如客厅、卧室、厨房、卫生间等要面积适宜，布局合理，比例和谐，既使居家日常生活有足够的活动空间，保证放置必要家具用品，避免形成死角或无用空间而影响房屋使用效率，又使室内空气清新，生活舒适便利而不相互干扰和不感觉拥挤，还能减少疾病传播机会，从而有利于家居健康，生活幸福。

（1）客厅要宽敞明亮

客厅或起居室是一套住房的核心功能空间，其面积应当最大，通常不应少于 25～40 平方米为宜；其位置当处于一套住房的前面或中间，一般开间（跨度）应不少于 4 米左右，且连续可使用墙面最小长度在 4 米以上为佳，才方便摆放客厅沙发、电视音响等大件家具用品。其应占有最好的位置朝向，可采光的门窗面积与房间面积之比不应小于 1：7，若按 2.8 米层高计算，这样的客厅空间大小结构近似"黄金比例",既符合视觉美学原理而令人赏心悦目,又能够适应客厅家具布置和功能使用,也在日照、采光、通风换气等方面符合居家健康的要求。另外,目前人们倾向于选择相对独立,厅内较少房门尤其没有卧室门,且直接与观景阳台相连,在进门处设有玄关的客厅,这样既减少客厅功能使用时对其他房间的干扰,更能满足听音乐、看电视、接待宾客、交际娱乐、远眺休闲等日常居家生活对客厅功能的全面需要。

忌客厅日照不足、光线暗淡、通风不良、窗外景观不雅。

忌客厅长宽比例失调。如客厅面积虽大,但宽度不够4米而进深过长,不仅由于层高限制使其太狭窄而比例失调,还挤占了套内其他房间面积而得不偿失,令人产生压抑感。

忌客厅太多房门。如套内多个房间直接朝向客厅开门,造成客厅内门洞太多,完整墙面过少,既不利客厅布置和家具摆放,影响其功能正常使用,还使客厅内通行路线交叉穿越,导致居家生活动静不分,使客厅谈话声、音响喧闹声容易干扰家人休息或读书学习。

忌客厅位于套房的后部,这会造成穿堂越室才能进入客厅的情况,首先干扰其他房间私密性,也使各房间功能的使用效率下降,影响家居整体风水格局。

(2)卧室贵私密温馨

卧室的重要性仅次于客厅,是居家休息和睡眠的主要场所,不管从房屋内部或外部环境上都应该着重满足私密安静、卫生整洁的要求。所以,其位置应当相对隐蔽,常安排在一套房的最里边。一般主卧室面积应不小于10~15平方米,最好有朝南的窗户,若大户型主卧室可附设专用卫生间,令其使用方便,私密,具有浪漫温馨,恬静安全的居家生活空间。一般次卧室也不应小于9~12平方米为宜。

忌卧室门正对着入户门或客厅,以免受各种因素的干扰而降低卧室应有的安全和私密性。

忌卧室窗户临街或与营业用房相邻,以避免汽车行驶噪音、路人走动脚步声及各种商业活动喧闹声严重影响休息睡眠。

(3)书房宜幽雅宁静

书房是家居的一个重要组成部分,主要是用来读书学习、工作的场所。在书房里人们吟诵阅读、查阅资料、构思写作等,不仅启迪心智、获取知识而充实人生,同时也是一种陶冶情操、修身养性的居家生活。所以,现代家居一般应在远离厨房、客厅等容易产生噪音及喧闹的公共区域设置书房,其面积以 8～10 平方米、采光通风良好、幽雅宁静为宜。若小户型房屋因面积较少,单独设置书房有困难,也可在客厅或卧室辟出一定空间区域,用书橱书桌等家具摆放作为功能空间分界,创造出一个读书学习环境,同样能达到丰富精神生活的目的,而有益于居家心身健康。

忌家居不设书房或读书学习区域。居家过日子不能一味偏重物质生活,要有追求精神生活的观念,以适应不断变化和激烈竞争的社会发展需要,才有利于家居身心健康。

忌书房临近噪声源或无自然采光,通风不良。书房宜空气清新、明亮而静谧,才能营造出富有朝气而儒雅的读书空间,以利学习思考。

(4)厨房重通风换气

厨房是炊事活动操作间,使用频繁且时间持续,加上炊事活动过程中炉灶燃烧和煎炒烹炸食物,短时间会产生大量油烟、各种悬浮颗粒物及其他有机污染物,是居室内空气污染的主要来源,对居家健康十分有害。因此,厨房要重视良好的通风换气条件,除了使用抽排油烟机外,还应有直接对外通风及采光的窗口,使房间内浑浊空气能够与外界新鲜空气直接交换。另外,厨房强力向外抽排油烟时,要防止由于室外风压过大而引起油烟"倒灌",污染室内空气,尤其北方或者多风地区住户,其厨房窗户和排油烟出口最好不要朝向北面。为满足烹饪、洗涤、储藏等用具合理布局和令炊事操作活动顺序流畅、实用便利,一般厨房净宽以不小于 1.8 米,面积不小于 4～6 平方米为宜。近几年有人设计装修西式开放厨房,应对其进行分析评估,谨慎使用。因为中西方饮食习惯和烹饪方式均有很大差异,从实用性和居家健康角度出发,还是不要盲目仿效为好。

忌厨房设置于整套房屋中间,尤其避免不能直接对外通风采光的"暗厨",否则将导致油烟等排泄不畅,空气交换不良而严重影响居家健康。临床资料证实,家中从事烹饪的主妇,其肺癌发病率明显升高,足以说明厨房油烟对人体健康的严重危害。

忌厨房门正对卫生间门,使污洁易混难分,产生污染而影响居家健康。

忌厨房面积太小,过于狭窄,以免影响厨房必需用具用品合理摆放布置,不利炊事活动操作顺序的流畅而降低使用效率。

(5)餐厅是品味生活的中心

民以食为天,餐厅是家居生活的重要空间。祥和温馨、舒适实用的餐饮环境让家庭成员亲密围坐,增进食欲,也是促进家庭成员和睦相处、交流沟通及添加感情的场所,同时还是制造和品味浓郁家庭生活情趣并使疲惫身心得到放松的中心,从而体验到居家生活的温情和浪漫。餐厅可单独设置于厨房与客厅之间,一般不小于8平方米。目前很多中小户型将餐厅与其他功能房间联合设置,这是一种较经济而实用的方案。如将餐厅设于客厅到厨房过渡区域而与客厅相连接,可使客厅和餐厅的使用功能都得到扩展,有利于营造聚会团圆场面,烘托出热烈的家庭气氛。也可将餐厅设于厨房门内外延伸区域而与厨房相连接,这样则可加强就餐与炊事操作活动上的联系,提高炊事活动效率,既给日常炊事和进餐带来便利,又实用且节约房屋套内空间面积。

忌餐厅正对卫生间门,以免污洁不分,如厕响声和异味容易干扰进餐环境和影响进餐气氛,也不雅观。

忌以客厅茶几、沙发替代就餐桌椅。因为人体曲背弯腰地坐在松软沙发上,就着低矮茶几进食,会让胃部受到压迫,即使面对美味佳肴也难有好胃口,还会直接影响脾胃的消化功能,极不利于居家身体健康。

(6)卫浴间强调自然通风

卫浴间的主要用途有盥洗、沐浴、如厕等,属于家居生活中使用频率较高、用水量最多、排污量最大的地方,但其与人们居家健康的重要关系易被忽略。通常卫生间还兼有美容梳妆、储藏物品等综合使用功能,其面积不宜过窄,一般应有4~6平方米,宽度不少于1.8米,若要安装浴盆则面积还应适当增大。为提高卫浴房间使用功能和效率,最好将沐浴空间与如厕区域相对分别设置或者隔离,避免在使用上互相干扰,使其能够在同一时间分别供家人使用,而提高其使用功能和效率。卫浴间不仅沐浴、如厕活动会产生较多污物、浊气,还由于其昼夜用水而特别潮湿。所以,在卫浴间的许多地方,如管道、水龙头、镜子的后面,马桶、浴盆、置物柜的角落里,洗手台和墙壁的接缝中,洗发精瓶罐、香皂盒等用品底下,甚至毛巾上、浴帽里等处都是细菌和真菌大量孳生和藏身的温床。可见,卫生间应有直接自然通风、排湿的外开窗口,即所谓"明卫"(见图5),令其与外界空气能够自然交换,使微小环境空气流畅,通

图5　有窗户的卫浴间

31

风良好,换气效率高,既使室内如厕产生的臭味和大量湿气排除,保持其环境空气干燥不潮,又可让洗浴毛巾、盥洗用具等和上述各个角落处干爽不湿。这样能有效减少各种微生物的孳生繁殖及秽浊臭味湿气污染家居其他房间环境,从而有利于卫生盥洗房间及整个家居空气清新洁净。这对家居清洁卫生,减少邪气伤人发病,保证人体居家心身健康来说,是最为简便易行、实用有效的措施。所以,如今房产商为强调其房屋优质实用,售房广告总是将"明卫"作为卖点大肆炫耀。

若卫生间无外开窗口即"暗卫",则应安置有效排气除湿的设施,虽然也可在一定程度上达到通风换气、排秽除湿目的,但相比"明卫"来说,其不仅消耗能源、产生噪声,且保持室内干爽、空气清洁的效果要大打折扣。

忌卫生间设于一套房屋之中或无外开窗口也无排气管道,以免如厕、沐浴的响声影响其他房间的宁静,也防止臭味湿气污染家居空气环境。

忌卫生间内管道过多、安装不符规范和质量要求,以免产生漏水、渗水或排污管污秽臭气倒灌而严重损害家居身心健康。

(7) 阳台应当向阳实用

阳台的结构、面积大小和与其相连的房间不同,其功能和用途上有一定差异。一般可分为生活辅助阳台、观景休闲阳台等,若以玻璃窗将阳台全封闭则可作阳光房或书房用。如与厨房或卫生间连接的阳台,就主要作晾晒衣被、搁置杂物及厨卫辅助功能用。如与客厅或卧室相连接的阳台,则主要作为娱乐聊天、读书看报、绿化养鸟等休闲用。阳光房则有晒太阳、阅读休闲、聚会交友功用。此外,阳台还常常具有日照采光、通风换气、景观绿化及房间通道等作用。因此,阳台应通透明亮、不应太过狭窄,面积一般不应小于 4 平方米、宽度不小于 1.2 米、围栏不低于 1.1 米为宜。

忌阳台宽度过窄、面积太小、实体围栏过高和随意封闭阳台。否则,阳台占了一定套内面积但失去其实际使用价值。另外,还要注意避免围栏过低或强度不够等存在有安全隐患的阳台,防止发生意外人身伤害。

(8) 天井是望天接地的窗口

天井是指住房之间或住房与院墙围合而形成的一块露天空地或空间区域,若面积较大的露天空地即是庭院。天井或庭院在家居中的功用有直接或间接的日照、通风、采光、绿化、观景和日常晾晒及休闲交流等。除此之外,天井或庭院还有更深层次的作用,即替代或者延伸家居风水文化所谓"望白"的功用。站在居室内墙处通过门窗向外观望,其视野所及的天空多少,就叫做"望白"。居室"望白"较多为吉;反之,没有"望白"或"望白"极少则不吉。其实,"望白"不仅包括了对居室长宽比例得当、进深适宜和良好日照采光、通风功能的综合要求,它还反映了在家居环境和居住条件上,人们对"天人合一"的精神追求。

人体生命源于自然界,喜欢亲近蓝天绿地,闻听鸟语花香而具有自然的属性。但人们居住的房屋建筑又把人与自然界隔离分开,故在营造家居时常常设一天井或庭院,把自然界与人体不管是在视觉感观方面,还是精神意识方面都能很好地契合起来,满足了人们日常生活更好地亲近阳光白云,融入蓝天大地,呼吸新鲜空气而获得心身健康的物质和精神需求。天井或庭院的功能,其实就替代或延伸了家居"望白"的作用,即通过天井或庭院的"望白",让人体生命与天地运行及万物生息更紧密的联系沟通,使人产生天人合一共存的视觉认同和情感寄托,这会给家居身心健康带来很好的促进作用。一个人若是长期住在昏暗不见天日的房间里,有透不过气来的感觉,加之又缺乏积极主动的户外活动,就会产生心理上的烦闷压抑、焦躁不安,日久便可能发生某些心身疾病。在传统四合院的住户,就是由于有更多享受阳光空气、鸟语花香及运动锻炼和与人交流的机会,所以他们在生理、心理健康等方面,都大大优于住高楼大厦里的居民。这也说明家居庭院或天井,对促进身心健康有明显作用。只是对当今多数住户来说,家居有天井空地实属不易,而拥有庭院就更显奢侈了。

· 小 贴 士 ·

"望白",实际是古人用形象方法对住宅进深及间距是否适宜的一个观察评价指标。进深,是指设置窗户的墙壁外表面距对面墙壁内表面之间的长度。一般居室进深与宽度之比不宜超过 2:1。进深距离太长,则室内尤其是远离窗户的地方其日照、采光及通风皆不良,即所谓"望白"太少,这会降低居家生活舒适性,也不利于居家身心健康。

3. 回避有瑕疵或缺陷的户型

选购家居住宅,对多数人来说,往往要花费人们一生的积蓄,一旦入住也就不易重新变换。所以,人们总想挑选到舒适安逸、功能完备、有利于身心健康而令自己满意的住房,避免购置和入住有瑕疵或缺陷而不利于家居身心健康的住宅。但若事先没有发现或给予足够重视,待入住后才知道或感受其房屋户型和结构上的瑕疵或缺陷,甚至危害到身心健康,此时木已成舟,则遗憾终生。因此,下面介绍一些常见有瑕疵或缺陷的户型,以供读者在选购家居住宅时参考并予以回避。

（1）缺乏通透性的"扁担房"

居室气流顺畅、通风良好、空气清新，是保证住得舒适和居家身心健康的重要因素。若一套住房的两个卧室分别位于居室的两端，且所有外开窗户只有一个朝向，即俗称"扁担房"，这种缺乏通透性的户型常被人们所诟病。因为，全部外开窗户只有一个朝向的住宅，不利于室内空气直线流动，其室内既无完全直行的"穿堂风"气流，也难以形成"转角风"气流，导致自然通风不畅和有效换气不足，使室内空气沉闷，缺少清洁新鲜空气。同时，二氧化碳及其他有害气体也得不到及时有效的排出，逐渐积聚而使浓度升高，大大降低了居住舒适度，给人体居家身心健康带来极为不利影响。居室内有"穿堂风"或"转角风"，对空气流动性较差、湿度较大的盆地区域、或地势低洼及南方炎热地区的住户来说，更是保证其居住舒适、维持室内空气自然清新的重要条件。这一点，在选择家居时应该引起足够重视。

（2）"暗厨、暗卫"户型

凡厨房或卫生间没有直接对外通风换气的窗口，俗称"暗厨、暗卫"。居家生活中厨房使用频率高、时间较长，并且快速产生大量油烟及其他污染物。没有外开窗户的暗厨，很难保证自然通风换气和及时有效地排出油烟，将会对人体健康造成很大危害。卫生间盥洗沐浴、如厕用水是居家生活用水量最多的场所，既产生污秽臭味，还使空气特别潮湿而易孳生致病微生物等，若卫生间无直接对外通风换气的窗口，是难以高效排臭除湿，也就不能保证居室空气清新洁净，会降低居住舒适性，从而给家居健康带来不利影响。所以，建议挑选住宅时，应尽量避开"暗厨、暗卫"这样有缺陷的户型。

（3）严重采光不良的户型

良好的自然采光，使室内光线明亮、照度均匀而令人视物清晰，轻松愉快，既可增加居住舒适度和提高学习工作效率，也是保证人们家居健康的重要条件之一。影响居室采光的因素有很多，如住宅朝向、层高、窗户大小及高低位置、前后建筑物间距、窗外树木等遮阳东西已如前所述。除此之外，一套房屋只有一面墙开有窗户，或房屋进深过长而宽度太窄，也是导致采光不良的重要原因。通常居室近窗口的地方光线明亮而照度最大，但随着与窗口距离的增加而大幅递减。如离开窗口1.2～2.5米处的照度即已显著降低70%左右，若窗户太小或房间进深过长则采光将严重不足，甚至有的房屋没有窗户而终年不见天日，白天必须开灯，明显降低生活品质，给家居健康带来不利影响。所以,一般居室长宽比例以 2∶1～3∶2 为宜。选房时若客、卧等主要房间的长宽比例大于 2∶1,则属于采光有瑕疵或缺陷的户型,在选房时要引起高度重视并尽可能予以回避。

（4）缺乏私密性的户型

家居住宅的基本功能之一是保护个人隐私,给人们提供心身上的满足和安全感,但一些住房在这方面却存在各种缺陷或瑕疵。如家居的几间主室串联布局,造成几个房间相通互串,每间居室毫无私密性可言,完全不能满足日常家居生活的舒适性和便利性。有的卧室房间距邻家阳台太近,一举一动似乎都在别人窥视和监听中,严重影响居家安全感,降低生活品质,不利于居家身心健康。有这类缺陷的房屋户型,虽多见于已往老旧住宅或现今有些错层阳台,但仍值得提出以供选房时参考。

（5）有潜在危险的户型

有些房屋户型的结构布局不合理,会存在着某些潜在不利于居家健康的因素,其危害性往往易被人们忽略,但在现实生活中它却时常发生,有时还会导致严重人身伤害事故。如几个房间门集中凑在一个狭小区域,使人们开门进出房间时,可能会因动作过快,或因观察不详,或由于毫无预备防范而很容易发生意外碰撞受伤。又如卫生间地面垫起高于其他房间,这不仅降低使用的便利和舒适性,还常因老人视线不佳,观察不准,或儿童注意力分散,行动快速在出入卫生间时,发生绊脚而摔倒等意外,甚或导致骨折损伤而危害居家健康。所以,选购住房时应尽量回避存有这些潜在危险因素的户型。

家居健康环境面面观

1. 居室环境与健康

(1) 音声与人体健康

五音与五脏 各种声音及美妙音乐同自然时空及阳光、雨露、空气一样，也是人类生存所必需的环境和条件，声音与人体身心愉悦、健康快乐有密切关系。唐代大诗人白居易认为"无琴酒不能娱也"，清新而优雅的音乐，可令人忘却烦恼，解除疾患，保养心性，有益于身心健康。所以中国自古就对音律有深刻独到的研究。中医将音声按古代音律划分为"角徵宫商羽"五音，其相当于现代简谱1、2、3、5、6，并将其配属五行、五脏："角"音归属五行"木"，与人体"肝"相应；"徵"音归属五行"火"，与人体"心"相应；"宫"音归属五行"土"，与人体"脾"相应；"商"音归属五行"金"，与人体"肺"相应；"羽"音归属五行"水"，与人体"肾"相应，以此归纳认识人体生命活动规律和指导疾病的诊治。同时认为五音和谐之声有助内脏生理功能的协调平衡，反之五音失和就会对人体身心健康造成损害。如五音杂乱的噪声、声音太过强烈均对人体造成恶性刺激，会导致内脏生理功能失调；但万籁寂静而哑然无声的环境中生活，由于人失去和谐音声的良性刺激，又会出现严重恐惧不安、食欲减退、睡眠不香等症状，甚至发生幻觉等意识思维紊乱表现，使心身健康受到影响。

不容忽视噪声的危害 五音声响适度谐和，则流淌出一首首美妙动听的乐曲，会令我们心情陶醉而感觉愉快，有助于缓解或消除工作带来的紧张和疲劳，从而有利于人体心身健康。反之，当五音声响太过强烈，一般白天强度超过50分贝，夜晚强度超过30～40分贝就成为扰人的噪音；或五音杂乱无章、尖声怪叫刺耳等令人生厌的声音都是噪声(见图6)。现代都市家居生活面对的噪声种类多、来源广，如单元楼住户装修施工的电钻声，窗外往来汽车的喇叭声,楼下商贩叫卖的吵闹声,夜里惊梦的硬底皮鞋脚步声,音量开得过大的电视机、音响声,用力过大的开关门窗的撞击声,搬动桌椅家具的磕碰声,娱乐时搓麻将牌的摩擦声,空调机、电冰箱、洗衣机的使用噪声……在城市家居生活中,上述各种噪音是一个常见的,不容忽视的损害人体身心健康的因素。

图 6　噪声

中医认为心与精神情绪密切相关,包括心脏承受和接受外界声音等信息对人的刺激作用并产生反应的功能。噪音的危害首先是影响和干扰人的正常休息、学习;若噪声达到或者超过 60 分贝,则扰乱精神情绪,使神不守舍,导致心烦不眠而难以安静入睡;也可引起心神涣散,使注意力不集中,导致工作、学习效率减低、差错率上升。若噪声至 70 分贝以上,则直接伤人心神,使人出现心慌难受,激动易怒,或烦躁惊惕、失眠多梦等异常精神情志症状。特别是家中老人、婴幼儿及病人,对噪声的干扰尤为敏感,其健康更容易受到损害,会诱发、加重病人的病情。现代研究还发现,在平均强度 70 分贝的噪声中长期生活的人,可导致心血管损害,会加速心脏衰老,使其心肌

家居健康环境面面观

梗死发病率增加 30%左右。长期生活在噪声环境中的人,还可使体内肾上腺分泌增加异常,导致血压上升,易患心血管系统疾病,尤其是夜间噪音更会使心血管系统疾病的发病率明显升高。

中医认为"肾开窍于耳和二阴",即人体肾脏与耳窍及前后二阴在听觉、生殖等功能上关系密切。因此,噪声入耳可损害听觉神经,并由此伤及人体肾脏,表现为听力减弱、幻听、耳鸣等耳窍功能障碍,严重的还可使人出现耳痛、头昏、头痛及噪音性耳聋等病症。据临床医学统计,若在 80 分贝以上噪声环境中生活,耳聋者可达 50%。现代研究还发现,噪声危害可使人体内分泌系统功能失调,也与女性月经紊乱和男性性功能障碍有一定相关性。另外据统计,长期生活在噪声环境中的人,胃肠道溃疡发病率比一般人高得多。

寂静无声不利健康　居家生活环境噪声影响人的身心健康,但也不是越安静越好。若家居太过寂静,哑然无声也会成为损害人体身心健康的因素。美国科学家做过一次静环境对人体影响的实验,即让每个受试者分别进入完全与外界隔绝的、寂静而无声无息的空间环境,并为其提供舒适的床椅用具、美味佳肴等生活条件。实验初期,参加实验的人尚能适应,感觉良好。但 3 天后即开始感到不适,他们自称由于生活空间太过寂静,都能听到自己体内血液的流动声、打鼓似的心跳声,以及肢体关节活动的吱吱响声等,使其内心陡然产生令人难以接受的恐惧感。可见,人们日常生活环境太过寂静无声,同样对心身健康不利。特别是对于老年人而言,虽然他们大多喜欢幽雅安静的生活环境,但是一般不宜让老人独处于太过寂静的房间,如可在居室中适度播放音乐,收听新闻,或经常与儿女们交谈心声,倾听孙子们舒心的笑声,才是更有益老人身心健康的理想居家环境。

应对居室噪声的方法　外界环境噪声和室内生活产生的噪声,都是影响人体居家身心健康的常见因素。室内生活制造的噪声主要来源于住宅中各种家用电器、供暖、燃气、卫生设施的使用及开关门窗、搬动桌椅、人员走动等日常生活行为,这些噪声源是可以通过人为控制予以消除或尽量减弱的。而室外噪声包括来源于附近的机动车辆、飞机火车、工矿企业和建筑工地等,若居家环境不幸遇上这些噪声,仅凭住户个人力量很难让其消除或减弱,因而只能通过对家居进行隔音处理等措施来解决。为消除或减小噪声对人们家居健康的危害,下面介绍一些方法和小窍门,以供大家处理家居噪声危害时参考借鉴。

① 选用吸音隔音建材降噪:选择软木、文化石、矿棉吸音板、壁纸等表面粗糙而吸音效果较好的装修装饰材料用于房屋墙面和吊顶,可以较好地减弱家居噪声。地上安上软木地板或者地毯,也有很好的吸音降噪作用,尤其适合楼房住户使用。

② 安装密封门窗隔音降噪：家居生活中 90％ 的外界噪声是从门窗传进室内。所以，装修家居时要注意选择安装有隔音效果的门和窗。尤其是临街的居室，各种扰人噪声更主要是通过窗户传入。因此，强烈建议临街居室安装密封性能很高的塑钢窗，且最好是双层玻璃或中空玻璃窗，其隔音降噪效果极佳。

③ 选用布艺装饰吸音降噪：地毯、壁挂、椅套、窗帘等柔软织物装饰材料，都有很好的吸音降噪效果。一般来说，它们吸音隔音效果高低与其厚度呈正比关系，即越厚吸音隔音效果越明显。尤其窗帘对吸附和隔离外界噪声起到重要作用，且简单、方便、价廉、有效，要特别重视窗帘材料的选用和设置。噪音较重的房屋，一般应选择柔软厚实、褶皱较多的棉麻质地的材料作窗帘或其他布艺装饰为最佳，能够起到明显的吸音降噪作用。

④ 选用软质家具用品吸音降噪：木质、皮革或布艺等家具用品，因其质地较软而且多孔，能有效地吸收一部分室内外噪音。所以，为了营造宁静的家居环境，应多购置选用材质较软的家具用品为宜。

⑤ 摆放绿色植物吸音降噪：阔叶丛生的乔木和灌木植物，或茎叶柔软富有弹性的植物，或叶面错落交叠的植物等，都有一定吸音降噪作用。故可以在阳台上、窗台边摆放一些如金绿萝、常青藤、文竹、龟背竹、吊兰、菊花等绿色植物，不仅可以观赏和调节空气，还能够在一定程度上吸音降噪而有利于健康。

⑥ 调整行为习惯降低噪音：包括不使用年久失修而超过噪音标准的家电如洗衣机、抽油烟机等；控制电视、音响的播放音量；尽量放低谈话、打电话声音；减轻在室内走动足步声；日常生活操持缓挪轻放等等，都是减少家居噪音危害的有效方法。另外，要注意带耳塞听音乐或新闻时，不能将音量开得过大，以免造成人的听觉疲劳，从而引起听力下降、耳鸣头昏等居家健康损害。

⑦ 服用药膳减轻噪音危害：居家生活面对噪音除了消除、阻隔措施之外，用药膳饮食调理，对预防和减轻噪音危害也有一定作用。按中医理论，噪音主要危害人体的心肾两脏，所以可服用有养心安神和补益肾脏作用的药膳加以调养，如甘麦大枣汤、百合莲子汤、白果枸杞子饮等。

> · **小贴士** ·
>
> 　　不仅人体心身健康与声音有密切联系，连很多动物也不例外。如有研究显示，奶牛、母鸡等动物在适宜的音乐刺激下，不仅生长良好，奶和蛋产量也会增加。而异常噪声刺激下则会出现相反结果，太过强烈的噪声刺激，甚至会引起动物发生死亡。如曾有报道，某航空意外事故导致了养鸡场鸡群大量伤亡。

（2）居室照明与健康

自然光源最有利于健康　中医学强调人是自然界的一部分，人类在自然光视觉环境下，经几十万年进化，形成了人体及内脏生理活动节律，生理活动节律可随光环境的改变发生相应变化。当光环境随着人工照明的应用而发生巨变，人体原有生理节律也会由此发生紊乱，使内脏生理功能失调从而产生疾病。眼睛是人体吸收光线的窗口，它发挥着视物辨色功用，人眼是最精密结构的光感受器，光环境的变化必然影响到眼睛，不恰当的照明环境会引起多种眼病。现代研究还表明，不孕不育与人工光源也有一定的关系。所以，自然光线对人类的健康起着非常重要的调节作用。

自然光源是最清洁、最天然的光源，因此，居室采光时应尽量利用自然光源。在晴好的白天应拉开窗帘，推开窗户，使自然的阳光洒向我们的居室，这样既能节约能源，更重要的是还能通过阳光中的紫外线杀死室内的病毒和细菌，保护人们的健康。

照明功能与装饰效果结合　现代居室多采用电灯照明，而电灯照明已经不是灯的唯一功能。人们通过灯光可使色调倾向和色彩情感发生变化，比如在室内正中装一只暖色调的白炽灯，再加上一个造型美观的乳白色半透明玻璃罩，它发出的光线就显得温暖，给人以高雅清新的感觉。而适宜的灯光效果对整个居室环境都起着重要的调节作用。装修时还可通过灯光改变居室的空间感，如聚光灯可使空间显得比较紧凑，而采用吸顶灯会使房间变得高深开阔。明亮的灯光使人感到宽敞，而昏暗的灯光使人感到狭窄等。灯光还应和墙面颜色相搭配，如果室内墙壁是蓝色或绿色，就不宜用日光灯，而应选择带有阳光感的黄色调的灯光，这样就可以给人以温暖感；如果墙面是淡黄色或米色，则可使用偏冷的日光灯，避免刺激人的眼睛；如果室内摆了一套栗色或褐色家具，则适宜用黄色灯光，这样可以形成一种广阔的气氛。

现在灯具造型种类繁多，有吸顶灯、吊顶灯、壁灯、聚光灯、台灯、地脚灯等。因为不同地区、不同民族、不同文化的人群对灯光有着不同的爱好，所以大家可以根据职业、爱好、生活习惯，并兼顾整个居室的设计风格、家具的陈设等多种因素来综合考虑，使居室内各空间的灯光配置既要统一，又要营造出各自独特的氛围。

照明要均衡协调　各居室灯光照明之间应搭配协调，强度大小应与房间大小协调，如客厅、餐厅等大房间灯光应该明亮充足，以利于正常的活动，而卧室等小房间则应采用低亮度的照明，以免由于灯光的刺激而影响休息。

灯光照明功能要求恒定、均匀，因为视觉的舒适程度在很大程度上决定于照明的均匀性和光源的恒定性，否则如果光源频繁闪烁会使眼睛不断调整瞳孔大小与明暗适应,这就增加了眼睛的额外负担,如果眼睛的适应能力跟不上亮度变化的速度,视力将明显降低,所以要避免使用荧光灯这类频繁闪烁的光源。

老年人照明的特殊要求　中医认为,五脏六腑的精气上注于目,才能保持眼睛的正常视觉功能。而人到老年,五脏六腑精气虚衰,故视力有所下降,所以老年人在照明方面有特殊的要求。

老年人对色差的识别能力减弱,对于色调较接近的色彩,如红色和橙色、蓝色和绿色区分能力减弱,因此选用显色性较好的光源有利于老年人对室内色彩的正确分辨,建议采用荧光灯作为房间一般照明,白炽灯作为局部照明。

由于老年人的视觉准确定位性降低,电源开关应选用宽板防漏电式按键开关,高度离地面距离宜为1～1.2米,且宜在老年人主要活动区域的墙上加装控制开关板,采用一灯多控或多灯一控的方式,但不要太复杂,避免老年人由于行走不便和记忆力下降而不能很好地控制灯光的强弱。老年人居室夜间通向卫生间的走道,在其临墙离地高0.4米处宜设灯光照明,以便增加夜间行走的安全感等。

因为人类对外界信息的获得90%依赖于视觉,所以我们关心老年人的身心健康,应特别关注视觉健康,而改善照明环境是其中一个重要的环节。营造一个良好、舒适、合理的照明条件,对老年人的起居、食欲、交往、消除孤独和焦虑感、增强自信心、提高生活质量都会起到积极的作用。

儿童照明的特殊要求　儿童房的全面照明度一定要比成年人房间高,因为充足的照明,能让房间温暖,有安全感,有助于消除孩子独处时的恐惧感。一般可采取整体与局部两种方式照明。当孩子游戏玩耍时,用整体灯光照明;当孩子看书时,可选择局部可调光台灯照明,以取得最佳亮度。此外,还可以在孩子居室内安装一盏低瓦数的夜明灯或者在其他灯具上安装调节器,以消除孩子夜间醒来时的恐惧感。

另外,虽然床头灯能给床上更多的光线,更方便孩子在床上的玩耍。但儿童时期的视力非常脆弱,灯光直射,或灯光过于昏暗、明亮,都会影响到孩子视力的健康发育。并且床头灯近距离的电磁辐射会影响孩子大脑的发育。因此,最好不用床头灯,而室内照明用的灯也不要安装到孩子头部的正上方,并且远离孩子能摸到的地方,灯罩的颜色以浅色为好,电源插座也要安装在隐蔽的位置。

(3) 电磁辐射与健康

奇怪的现象　细心的人会发现,马、牛、羊等动物都不愿在高压输电线下活动,就连地下的老鼠也会把家搬到别的地方去生活。很多电视广播发射塔、手机信号基站周围的花草树木都会发生大面积的生长异常。为什么会出现这些奇怪现象呢？你是否想到过,当你在看电视的时候,当你打开电磁炉的时候,当你在卧室享受音乐的时候,你身边正存在着一种潜在的健康危害,这就是电磁辐射。这些现代科技给人类生活带来舒适便利的同时,也带来了越来越多的对健康不利因素,它正时刻不声不响地对你和你的家人造成健康伤害。

电磁辐射来源分类　电磁辐射是电场和磁场周期性变化所产生的一种可以通过空间传播的能量,它会像水波、声波一样由近而远地传播,所以又叫电磁波。电磁辐射无色无味、无声无息,但又无处不在、无时不在,已成为与空气污染、水污染、噪声等同样危害人类健康的"四大公害"之一。人体内外都承受着由天然和人造辐射源所发出的各种电磁辐射。阳光、闪电便是一种天然辐射;至于人造辐射其来源则广泛得多,包括手机、微波炉、电脑、收音机、电视广播发射系统和卫星通讯设备等。

电磁辐射对人的损害　随着各种家用电器大量进入家居生活,居室中的电磁辐射能量、密度也不断增加,尤其购买使用某些电磁辐射超标的不合格电器产品,人们更容易暴露于电磁辐射之中,居室环境潜在的危害健康因素有更严重趋势,从而使人体心身健康受损的可能性明显增高。中医认为若电磁辐射损害人体健康,主要是引起机体心、脾、肾三脏经络气血失调及生理功能紊乱。

电磁辐射损伤人体心脏气血,扰乱心神,使气血虚衰、心神失养,出现头昏头痛、心悸失眠等症状。"发为血之余",心血亏虚,则头发失于滋养,还会出现脱发等症状;如果导致心"主血脉"生化运行功能失常,妇女会出现月经紊乱。另外,心主神志功能异常则出现幻听、幻视等表现。

电磁辐射损伤脾脏胃腑,机体受纳腐熟、消化吸收饮食水谷功能衰弱不足,则可出现食欲下降、泄泻便溏、少气乏力、肢体倦怠等症状。

电磁辐射损伤肾脏精气,则会使人的生长发育障碍和生殖功能减弱。现代研究证实,电磁辐射损害能使男子精子质量降低,使孕妇发生流产或胎儿畸变等。另外,电磁辐射损害与白血病、乳腺癌等肿瘤的发病率升高关系密切。

防护措施　选购使用低辐射标准的手机,并降低使用频率,缩短通话时间;或使用带防护装置的手机和使用带耳机的手机,不仅对旁人干扰较少,由于通话时手机不再紧靠头部,能减少大脑细胞对电磁波的吸收量。

电脑使用时不要太靠近显示器屏幕,尽量不要让显示器背面对着头部,电脑显示器的电磁辐射来自显示屏,几乎人人皆知,但显示器的后部仍然产生大量电磁辐射,同样对人体健康造成很大危害。

电视、电脑屏幕前最好装防护屏;电热毯加热后应切断电源使用;电器与人体保持必要的距离且越远越好,如冰箱不要安放在卧室,空调不要安装在床的上方,看电视时,尽可能与电视保持较远的距离等。另外,电器不要集中摆放,以免使电磁辐射密度和强度异常增大,而给人体健康造成更严重的损害。

另外,可常服用一些具有补益脏腑精气作用的食物,以提高人体抗御电磁辐射危害或增强机体自身修复电磁辐射损伤的能力。

中医认为黑色入肾,"肾主骨生髓通于脑",辐射危害主要影响人体大脑和骨髓,使人免疫系统受损。因此多吃黑芝麻、黑豆等补肾食品可增强机体细胞免疫、体液免疫功能,能有效保护人体健康。紫苋菜富含一种重要的微量元素硒,硒能增强机体抗辐射、抗氧化和免疫功能,防止细胞异变,从而保护人体健康。故常吃含硒丰富的紫苋菜,可提高人体对抗辐射的能力和减轻及修复辐射对人体的伤害。辣椒之类辛辣调料食品,不但可调动全身免疫系统,还能保护细胞核,使之不受辐射破坏。因此,经常吃点辣椒、黑胡椒、咖喱、生姜等辛香调料食品,也能抵御或减轻辐射对人体健康的伤害。

绿茶中的茶多酚进入机体可减轻辐射对人的不良影响,其中含有的脂多糖,能改善机体造血功能,升高血小板和白细胞等,故常喝绿茶,能抵御和减轻辐射对人的多种损害。新鲜的水果、蔬菜富含大量的维生素 A、维生素 B、维生素 C、和维生素 E,这些维生素进入体内,能减轻电磁辐射对人体的各种不利影响,避免机体神经系统发生紊乱失调。因此多吃新鲜的水果、蔬菜有一定防治电磁辐射损伤的作用。保健品如螺旋藻、花粉、银杏叶制品等都有很好的提高机体抗辐射的保健作用。螺旋藻多糖富含鼠李糖,具有明显的抗辐射、增强机体免疫力作用。花粉能促进人体免疫器官发育,具有抗辐射效果。银杏叶提取物中的多元酚类对防止和减少辐射有奇效,对于在辐射环境中工作的人,坚持服用银杏叶茶,能升高白细胞,保护造血功能。

(4) 颜色协调有助健康

我国古代对颜色的认识和运用历史悠久,据古代文献记载和地下文物不断发现都反映出,先民们在生活劳动中善于发现和利用颜色,如新石器时代陶器上的彩色花纹,远古时代的岩洞彩绘,皆说明数千年前古人就能较好地利用颜色来装饰自己的生活。

五色应五脏与人体健康　中医将青、赤、黄、白、黑五色按木、火、土、金、水五行归类,从而与中医五脏相联系。黑色属水,与肾相关;赤色属火,与心相关;白色属金,与肺相关;黄色属土,与脾相关;青色属木,与肝相关。古人

认为,五行是构成世界所有事物的基础元素,自然事物五行之间的正常生克制化,使自然界诸如色彩、气候等保持协调平衡,才能为人体五脏生理活动提供必要的环境和条件。所以,居室颜色的搭配一定要平衡协调,与房间适宜相应才会营造出有益人体健康的生活空间。现代研究也证明,房屋的色调基于颜色搭配的错觉,以及视觉心理效应和心理影响生理的关系,对人体健康有直接或间接的作用。色调有冷暖之分,暖色调主要包括红、黄、橙、咖啡等色彩,给人温暖、充满活力的感觉,适用于客厅、餐厅。冷色调主要包括蓝、绿、紫、青等色彩,给人安静、舒适、清新、平和的感觉,适用于卧室、书房和浴室。深色给人以窄小、沉重、压抑、遥远感;浅色给人以明亮、轻巧、开朗、抑制、镇静、宽阔感;红色具有刺激神经兴奋;粉色具有刺激神经放松、缓解疼痛的作用;浅蓝色有促进发高烧的病人退烧的作用;灰色有一定的降压作用,故可以让高血压病患者戴灰色眼镜或入住灰色墙壁的居室;而褐色有一定升血压作用,故可以让低血压病的患者戴褐色眼镜或入住褐色墙壁的居室。患有青光眼的病人,戴上绿色的眼镜,就可以使眼压下降,让人精神放松感觉舒适;医院皆以白色或其他浅色为主,即是借其对患者有抚慰平定、静心安神的作用,以消除患者精神紧张、情绪不安,并使其产生安全感,而有益于疾病治疗康复。紫色可以使孕妇情绪稳定,还对膀胱炎、骨质增生、神经痛等有辅助治疗作用。黄、红等鲜艳明亮的颜色,能兴奋神经而提高内脏功能活动,并增强机体抗御疾病的能力。所以,居室中颜色若运用不恰当,某色"太过"或"不及",都会直接或间接影响破坏五脏五行的协调平衡,从而对人的身心造成损害。

五色宜协调平衡 居室空间功能用途不同,则应选择不同的装饰色调,才有助于家居心身健康。房间越小,色彩越要浅些,壁纸花纹更要细些;房间越大,色彩则要浓些,壁纸花纹便要粗些。

客厅是家庭聚会的主要场所,一般宜采用鲜亮明快度高且色相柔和的中性色彩,以满足和适应家庭各成员的视觉心理喜好及生理体质情况,使日常活动变得更加亲切舒畅。餐厅则应选用有助于增加食欲,和睦浪漫气氛的橙色、黄色等暖色调为主。优雅宁静的书房则可选用蓝、绿等明快的冷色调,有利于集中思绪,心神专注地阅读学习。卧室主要功能是休息,所以应该选用中性的暖色调或淡雅的蓝紫色,给人以私密温馨、放松舒适感。

另外,居室色彩运用要遵循深浅色调顺序变化原则,即居室整体空间颜色从上到下要由浅而深依序变化,如天花板宜用浅色调,地板和家具应用深色调,而窗户和墙面色调则应居中。色调深浅变化顺序切不可倒置,否则会给人头重足轻、缺乏稳定的感觉。

常用居室色调搭配方案 运用色调装饰居室时,除要了解各种颜色对人心理、生理的不同作用和影响之外，还应结合人的个性、情趣、爱好、职业等来具体选择搭配居室颜色，但以协调平衡为原则，不要使其中一种色调"太过"或"不及"，才能营造出既有个性化又具不同情调的优美而有益健康的家居环境。下面介绍几种常见的居室颜色搭配方案：

古典色调：蓝色系与橘色系原本属于强烈的对比色系，一套居室中只要在两种色度上稍进行些变化而产生的色调，就表现出现代与传统、古与今的交汇，碰撞出超现实与复古风味的视觉感受，这两种色彩搭配就赋予了居室空间一种新的生命。

轻快色调：鹅黄色搭配紫蓝色或嫩绿色，是一种比较受年轻人喜欢的配色方案。鹅黄色是一种清新、鲜嫩的色调，代表着新生命和喜悦的情绪，也较适合有小孩的家庭选用。

浪漫色调：绿色是令人们内心感觉平静稳定的色调，用其与鹅黄色搭配，可以中和鹅黄色的太过轻快欣喜的气氛，这样能让居室空间明快而又不失稳重。所以，这样的配色方案十分适合年轻夫妻选用。

奔放色调：蓝色与白色配搭，这是一般人在家居装饰中不太敢尝试的大胆的色调。若喜欢白色的宁静平和，但又怕把居室弄得像医院，那就可用蓝色与之搭配，营造出地中海式的、欧洲风情味的家居环境，也是挺别致的。如像在希腊的小岛上，在天空、海水一片蓝色的世界里，点缀出全白色的街道、房屋及其天花板、地板，使清凉与无瑕的白色如此鲜明地呈现出来，令人感到十分的自由和惬意。居家生活空间似乎像碧海蓝天的大自然一样开阔，会令人感觉心情放松、自然舒适而有助于身心健康。

硬朗色调：白加黑可以营造出强烈的视觉效果，而近年来流行以灰色融入其中，缓和黑与白对视觉的强烈冲突，这 3 种颜色搭配出来的空间中，充满冷调的现代与未来感，并由简单而产生出理性、秩序与专业感。从而使居室营造出优美且有个性的韵味。

自然色调：近几年流行的"禅"风格的装饰方案，主要以麻、纱、椰织等材质的天然原色，或称无色彩材料装饰居室，既突出生态环保理念，又表现出非常现代派的自然质朴风格，也是值得参考选用的。

白色油漆更安全。由于铅能使油漆颜色持久保持鲜艳，所以，越是颜色鲜艳的油漆，越可能含有大量的铅。消费者应尽量选用颜色淡一点的，最好是白色油漆，才能最大限度地降低铅污染。

（5）气候冷暖与人体健康

生命活动节律顺四时而变　大自然有春温、夏热、秋凉、冬寒的气候更替，万物随之有春生、夏长、秋收、冬藏的生长规律，人体内脏活动、气血运行也会随之发生相应的变化，这便是中医所谓"天人相应"观点。根据这一观点，中医提出了"春夏养阳，秋冬养阴"的养生理论，主张在温暖的春夏季，人体应该顺应阳气升发的趋势，晚睡早起，多进行户外活动，漫步于清新空气之处，舒展肢体经脉，使机体阳气随着自然界阳热之气而生发向上；而到了秋冬季节，天之阳气收敛，气温由凉至寒，人体应注意保暖防寒，适当调整作息时间，早睡晚起，以避肃杀寒凉之阴气，使脏腑阴精潜藏内守，阳气不过度耗散，这样才能维护人体的身心健康而延年益寿。

适应气候变化维护身心健康　人类为了提高生活的舒适性，以有利于居家身心健康，发明创造出很多调节气候寒热的方法。过去在炎热的夏天常摇扇子，以加快身体周围空气流动来纳凉降温；在严寒的冬季则烧起火炉来为居室增温保暖。现代随着空调的广泛使用，人们很轻易地就拥有了冬暖夏凉、四季如春的居家生活环境。但是，大家是否想到，在夏天和冬天享受恒温舒适生活的同时，我们离开自然环境越来越远，已违背了人体生命活动当顺应春温、夏热、秋凉、冬寒更迭变化的节律，这将会直接损害到居家健康。中医认为，夏季阳盛炎热，人体应之，则毛窍汗孔张开而出汗，以发散体内阳热之气，汗出热散后人体感觉神清气爽。但人体若长期处于开着空调的房间，人工冷气闭束毛窍汗孔，体内阳热之气外散无路，就会出现头昏欲睡、烦闷不适、倦怠乏力等不适感觉；严重者则出现头身疼痛、无汗发热、咽喉不适等症状，对此中医称做"阴暑"。相反，在寒冷的冬天，人体应该腠理紧闭，以使人的阳气深藏体内，避免无故外散。但如人体整天处于温暖的空调环境中，温暖环境会使腠理开放，体内阳气随之失藏外散，使阳气受损，内脏失调而发生疾病。

中医提倡让儿童"数见风日"，意思是说，经常带小孩在户外活动，让其充分接触和感受自然界寒热冷暖气候变化，以促使机体自身建立起完善的调节机制，提高人体适应外界环境变化的能力，磨炼出强健的形体及旺盛的生命活力，这样才可抵御各种外邪侵袭，避免发病。

居室调节寒温宜忌　居室气温调节应当适度，不宜在夏天将室内温度调控太低，在冬天调控过高，而应当以既使人感觉舒适，又有利于人体适应季节变化的生命节律为原则。故一般室内环境气温冬天控制在18～22℃，夏天控制在24～28℃为宜。如果这样仍感觉冷或热即环境有欠舒适，则最好通过增减衣服来达到调节寒热的目的。而不能一味依赖空调设备，既不利人体健,又浪费能源和污染环境。

在使用空调等调温设备时,不要使室内外环境温差太大,应不超过5℃为宜。尽量不要长时间使用空调,一般空调开机1～3小时后应开窗通风换气10～30分钟,使室内外空气对流,排出室内废气、有毒有害气体;或到室外活动,呼吸新鲜空气,以消除空调环境对人体健康的不利影响。

(6)湿气与家居健康

闷热是"湿气"在捣鬼　在家中大家是否有过这样的经历:夏日炎炎之时,常常感觉到不明原因的心情烦闷,昏昏欲睡,少气乏力,四肢困重,导致工作学习效率明显降低。很多人将其归罪于夏季炎热的气温,其实更主要的原因还是湿度过高在捣鬼,即中医所称的"湿气"对人体的影响。

居室的湿度是指室内空气中所含水汽成分的多少,即干湿程度,湿度越大表示空气越潮湿。日常生活中湿度大小常常用"相对湿度"即百分比来表示。一般环境湿度在50％～60％的时候,人体感觉最舒适并有利于身心健康。在夏天,人们之所以出现前面提到的那一系列烦闷不适等症状,其主要原因是天热的同时湿气也很重。而当居室湿度适中时,人即使处于30℃以上较高气温环境中,也只感觉热而不会发生烦闷不适等症状。但当湿度超过80％～90％时,由于空气中已经充满很多水分,影响到机体汗液的蒸发,令大量的汗液聚积在人体皮肤上,使人的汗孔毛窍不能正常打开以排泄阳热之气,阳热在体内蓄积而未能及时外散,就会导致体温上升并引起一些脏腑功能失衡。这时,气温虽然不很高,却会使人闷热难耐,心情烦躁,头昏沉重,甚至出现身热、呼吸脉搏加快、神志昏蒙,反应迟钝等严重的中暑症状。

湿气太重危害多　中医把"湿"与"风"、"寒"、"暑"、"燥"、"火"并称为"六淫邪气",为重要的致病因素。古代医家经过长期的观察发现,如果人们常年居住于水边码头,家居潮湿,或经常冒雨涉水,就会受到湿气的侵袭,容易出现头身困重、腹胀便溏、食欲下降;或四肢关节疼痛、屈伸不利、挛缩等病变,发生中医的湿证、痹证等病变。

湿气过多,还会加重家居环境的空气污染程度。研究表明,在气温相同条件下,湿气较重时,装修材料中的甲醛等挥发性气体更容易释放出来污染空气。湿气的黏附特性,还会使苯、氡、氨等有害气体在居室的空气中长期滞留不去。这些都将直接引起居室空气中的有毒有害气体浓度升高,严重影响人们的家居健康。

家居湿气还会对微生物产生影响,潮湿的环境有利于大多数细菌、真菌、螨虫的繁殖,当这些致病微生物通过空气吸入人体时,就会引起过敏反应或发生各种疾病。

湿气过重还会使家居中皮革、字画、服装、食品、药品等发生霉变、虫蛀等，造成财产损失而影响家居生活质量。

　　湿度过低也不利　人与物都需具有一定水分的空气来滋养。空气中湿度过低，中医称之为"燥"，同样不利于家居健康。燥邪最易劫夺伤害人体的津液，使人出现各种失润干涩的表现，比如口干唇燥、鼻咽干燥、皮肤干燥粗糙，严重时出现口唇皲裂、鼻腔出血、皮肤裂口、干咳无痰等症状。一个典型的例子就是西北干燥地区妇女的皮肤不如江南地区妇女的皮肤细腻、白嫩，这与大气中缺少水分而皮肤失于滋养濡润不无关系。

　　此外，居室内湿度过低，还会对各种家居物品用具产生不利影响。如许多对湿度敏感的墙面油漆、涂料、红木家具，实木地板等在湿度过低时，会出现不同程度的脱层、变形，甚至干裂等损坏。

　　应对干湿有窍门　我们知道过于潮湿和干燥都不利于人们的健康，而干湿适度的家居环境，会使人感觉清爽舒适而提高生活质量，有利于家居健康。那么，我们如何保持居室中正常的干湿度呢？下面介绍几种简单有效的调控及应对家居过湿或太干的方法，供大家酌情参考选用。

　　家中应购置一支湿度计，尤其有婴幼儿或老人及病人的家庭，更不能忽视对于家居环境干湿度情况的了解和调控。

　　当家居太潮湿时：应经常打开门窗，使空气对流，特别要打开储藏室，在厨房和浴室应安装排气扇，及时将水汽排出室外；在潮湿闷热的夏天，适时使用空调降温除湿。在家居潮湿气候地区，建议装修时选用防潮除湿材料，并购买使用除湿器除湿。另外，为预防家居潮湿对人的伤害，可服食黄豆芽、薏苡仁、藿香等除湿之品。

　　当家居太干燥时：使用专门的加湿器来增湿以调控居室干湿度；也可在室内放置阔叶植物，或放置装有清水的盘子或喂养一缸金鱼，都是常用的解决家居干燥的简便有效的方法。另外，经常服食银耳粥、百合粥等润燥之品，可以防燥邪对人的伤害。

　　（7）空气质量影响健康

　　空气是健康的第一要素　中医认为元气（也称真气）是推动和维持人的形体组织、内脏器官生理活功的基本物质和能量。因此，人的元气充足则形体强壮、功能旺盛而健康无病。而元气是由吸入空中清气与受纳饮食水谷化生的精微营养物质相结合所产生的。若生存环境空间遭受各种有毒有害物的污染，导致人体吸入不洁净空气，势必影响人的元气生成，从而危害机体健康。所以，避免和消除导致家居空气污染的各种因素，保持家居空气清新洁净，使其符合国家室内空气质量卫生规范，就直接关系到家居生活质量和人的健康长寿。

室内空气污染及危害　中医早就发现,当进入山林、沼泽等湿热雾露、乌烟缭绕的空气环境中,人易发生许多疾病,并将其病因概括称为"瘴气"。而室内空气混浊,气味恶臭或烟熏难闻的空气污染,其性质特点与瘴气相类似,也是人体发生多种疾病的较常见病因。经现代分析检测,人们逐渐揭开了瘴气及类似病因的神秘面纱。瘴气之类之所以能伤人致病,主要就是因为人生存环境中的空气被污染,即被污染空气中存在着一些有毒有害化学物质或致病微生物等。

居室中较为常见的空气污染主要是人为原因造成的,其种类繁多,来源广泛,相关因素也很复杂,对人体健康的影响也是多方面的。一般可分为化学性污染空气、生物性污染空气和物理性污染空气等类型。

居室内空气的化学性污染(见图7),是指某些有毒有害的化学物质引起的空气污染。来源常见于不符合环保安全标准的建筑装修材料的使用及其施工过程中释放出有毒有害物,其主要包括甲醛、苯、氨等。另外,某些化纤地毯、塑料地板砖、油漆、涂料等也含有一定量的有毒有害化学物,如甲醛,还有些生活用品如书刊报纸的油墨、日常塑料制品、厨房中的液化石油气或燃煤炉灶、化妆品、防腐剂、清洗剂、消毒剂等,在存放或使用时也可释放出多种有毒有害化学物,日积月累就形成空气污染,从而造成对家居健康的损害。

图7　室内污染

空气中的有毒有害化学物,往往从口鼻吸入伤人,有的可使呼吸道受伤,出现咽喉不适、咳嗽、引发哮喘等;若一次性大量进入人体,对健康的危害更严重,如可发生胸闷憋气、呼吸困难、恶心呕吐、头晕头痛、乏力虚脱、血小板或白细胞骤减等应急症状。空气污染物中的很多成分如甲醛、苯系物、挥发性有机物等都有明显致癌作用,可导致肺癌、鼻咽癌、乳腺癌、淋巴系统肿瘤等;由于对健康的危害在短时间尚不明显,所以常常被人们忽视。

生物性空气污染是指因某些微生物,包括细菌、病毒、真菌、螨虫、花粉等引起的空气污染。其污染源常见于人口鼻喷出的飞沫,如病人其唾液飞沫中的致病微生物,如结核杆菌、金黄色葡萄球菌、白喉杆菌、感冒病毒、麻疹病毒等。这些飞沫可长时间悬浮于室内空气中,成为传染病的媒介,其被人吸入体内且自身正气衰弱就会引起感染而发病。另外来自生活用品、废

49

弃物上所带的病原微生物,宠物所带导致人畜共患疾病微生物,其他还有常见引起过敏性疾病的螨虫、花粉等,也是导致室内空气污染而影响人体健康的常见因素。

物理性空气污染是指由于搬家整理、卫生清扫、空气干燥扬尘、服饰被褥、宠物花卉或装置有放射性元素的花岗石、工艺品等,其产生释放的灰尘烟雾、微细纤维、毛发皮屑、放射性射线等物理因素引起的空气污染。家居空气中飘浮的尘埃、毛细纤维、可吸入悬浮颗粒物等,不仅使空气混浊,令人呼吸难受,还可导致某些过敏反应如鼻炎、哮喘等;尘埃中含有的多种有毒有害物质,如放射性氡粒子可广泛地分布附着于人的鼻腔、气管、支气管、肺泡等处,可引起各种呼吸系统疾病,如咽炎、支气管炎、肺炎、肺气肿等。有一部分吸入颗粒物可随淋巴液或血液系统到达其他脏器,给人健康造成更大危害。统计资料显示,20%的肺癌病人与吸入受氡粒子污染的空气有直接关系。

另外,室内吸烟、炊事烹饪、燃烧蚊香等行为,也会引起室内空气污染,特别是当通风不畅,换气不良时对人的危害尤其严重。香烟烟雾中化学成分有上千种之多,其危害人体健康的有害物质主要是烟焦油、尼古丁、一氧化碳、氢氰酸等。以烟焦油为例,其在烟雾中被吸入体内,黏附于呼吸道和肺泡表面,影响正常呼吸,损伤细胞结构,使之发生癌变。尼古丁本身虽不直接致癌,但确定是一种促癌物,即它能促进多种致癌物的致癌性增强。香烟、蚊香、烹饪等烟雾中还存在如氮氧化物、醛、烷、烯烃等挥发性气体物质,逐渐被吸入体内,长期积累也给健康带来明显损害。其他如厕所的恶臭、物品不洁发霉或生活垃圾的异味、燃煤炉灶所排放的含硫气体等,都可污染家居空气,轻则使人受刺激感到难受、烦躁不安、胸闷憋气,重者则导致疾病发生。有些恶臭物质的强毒作用,如高浓度氨气还可使人中毒,严重危害人体健康。

如何应对居室空气污染　首先,装修家居要选择正规厂商的绿色环保的装修材料,截断空气污染的常见而重要来源。装修后的房间入住前要昼夜打开门窗通风换气 3 个月以上,最好请专业人员进行室内空气质量检测,确认安全后才入住。当进入居室后,如发现室内空气刺鼻、熏眼,或感觉头晕、恶心时,应迅速离开现场。如果症状随即消失,即可确认室内空气有污染,应再经过一段时间的通风换气或请专业人员清除污染作业后才能入住。购买摆放活性炭等材料或绿色植物,也对吸收消除室内污染有很好作用。以保证室内空气清新,平时应注意每天打开窗户 30 分钟左右进行居室自然通风换气,其时间应选择在外界空气污染最轻的上午 9～10 时、下午 2～3 时为宜。但如天气预报空气污染指数较高时,则不宜开窗通风,以免适得其反。

其二,要控制减少厨房油烟对居室的污染,安装高效率抽油烟机,并在做饭炒菜前及时打开,结束后 3 分钟才关掉。开机时应将其同侧门窗关闭并打开其他方位门窗以补入新鲜空气,以提高排烟气的效果。提倡多使用电磁炉、电饭锅、微波炉,炒菜时先将锅烧热,然后加油即放入所炒的菜,均可减少炊事产生的废气和油烟及悬浮颗粒物对人的危害。

其三,最好不吸烟和不在室内吸烟。吸烟时"吞云吐雾"的烟气,成为家居空气中可吸入颗粒物的主要来源,使被动吸烟的家庭成员患癌症的几率上升 2~3 倍,生命健康受到极大危害。

此外,用抹布、拖布或吸尘器做清洁卫生,家庭成员勤洗澡、勤换被套衣裤,适时清理丢弃不使用的和产生异味臭气的物品,注意卫生间和贮物间空气流畅,管理好宠物、花草等,都是消除居室污染,保持空气清新洁净的常用方法。

需要强调的是,不要随意使用空气清新剂来消除室内污染气味,因为它是通过喷洒芳香气体而暂时掩盖秽浊难闻气味,其实并不能真正驱除或吸收室内有毒有害物质,反而对空气造成了新的污染,加重对人体健康的危害。这无异于掩耳盗铃、自欺欺人。

(8) 螨虫危害健康

曾经发生这样一件"怪事":某妙龄女郎相中一男友,但每当她进男友家门,一坐上沙发即感呼吸急促、憋气不适、气喘频作而发生哮喘。但当她离开男友家门,上述症状有时会很快缓解或消失,这个现象反复发生几次后,女郎自思"怪事",难道与心上人无缘分?该女郎遂向闺中密友询问,让其帮助参谋是否无缘。密友正好是一位医生,听其所述即刻明白其原因,帮她找出了"怪事"的元凶,原来该女有哮喘病史,而男友家沙发上有大量螨虫,所以每去必诱发哮喘。并告之再进男友家可远离沙发,独坐木椅则可验证。后遵其所嘱而行,果然平安无事,从而成就一桩美满姻缘。从这则故事可以看出,螨虫是危害家居健康的重要因素。

室内螨虫危害大　螨虫是一种不易被肉眼发现的、很小的节肢动物,在显微镜下可以见到其为蜘蛛形状,凡是有人群的地方几乎都有它的存在。一般多隐藏栖息于居室的地毯下、沙发中、枕头及床垫下、鞋柜里、棉褥内等各个角落处,在气温 25℃、湿度 80% 时,是最适宜螨虫生长繁殖的环境。所以,房间长期开空调为螨虫的大量繁殖生长提供了最有利条件。根据中国室内环境监测中心的监测数据显示,经常开空调和铺地毯房间的螨虫密度远远高于不用空调和没有地毯的房间,而长期没有清洗的空调则更是螨虫的重要栖息处。螨虫是很强的致敏原,甚至螨虫的尸体、分泌物和排泄物等都是致敏原,它们还可随着人的活动而飞扬漂浮于空中,在室内到处扩散,一旦被人体吸入就可能会引发如过敏性哮喘、支气管炎、肾炎、过敏性鼻炎和荨麻疹等过敏性疾病,还能引起人体肠螨症和肺螨症等多种疾病。

防治螨虫小窍门 每天开窗通风降低温度、湿度,保持室内环境干燥,夏季少开空调以提高室温,改变室内陈设,如不铺地毯、不用软绒沙发、定期彻底清洁空调等,皆能消除螨虫适生环境,从而有效减少或避免螨虫的危害;勤换洗衣服和床上用品,洗涤前将衣服放入 55℃ 以上热水中浸泡 10 分钟以上,做好个人和居室卫生,每周至少吸尘 1 次;常晒被褥、床垫等床上用品,并在室外拍打以除去螨虫及分泌物、排泄物;注意宠物卫生,定期给予消毒杀螨等。

2. 居室布置与健康

(1) 客厅是聚会休闲的空间

客厅是家庭成员日常活动的主要空间,是经常接待亲友、组织聚会的重要场所,使用频率高、时间长,所以客厅的合理布置、装饰风格不仅反映出主人的审美情趣、生活品位,也关系到人的身心健康。

传统的中式客厅 传统古朴的中式客厅,多在客厅对门的正位摆上一张造型古朴刚劲、肃然方正的红木茶几,茶几上放置一个香炉或一对花瓶,茶几两旁配上一对雕花仿古的太师椅,墙壁上挂一幅或气势磅礴的猛虎下山,或谐音"吉"祥如意的菊花,或寓意长寿的松鹤等字画,其左右衬一幅楹联,这样的客厅布置尽显中国传统文化气息。

现代客厅布置宜忌 为了保持客厅空气流通清新,又能挡风护体,一般要在客厅门口设一"玄关"屏风之类,防止穿堂风致使人卫气虚弱,内脏功能紊乱而引发疾病。

现代客厅中沙发是必不可少的家具,而沙发应靠墙摆放,在风水学中叫"有靠",这样可给人以后顾无忧、安全可靠的心理感受。沙发背后不宜是门窗,不但给人虚而无靠、缺乏安全感受,而且那样容易被风邪偷袭。如果沙发背后实在没有墙壁可靠,应该在沙发背后设置一道屏风来补救。沙发前面一般放置茶几,用以摆放茶具等常用品。茶几宜矮小于沙发,否则就会显得不协调,给人以喧宾夺主感觉。现代城市房屋多由钢筋水泥浇铸而成,再加上使用大量的电器设施,室内静电积聚不易释放,所以在客厅内宜放一个鱼缸,有助增加房屋的湿润度和导电性能,消除和释放静电。

客厅的色彩和光线运用一定要突出明亮、温暖、宽敞感。长期处于一个阴暗的客厅会使人心情不舒,抑郁寡欢。客厅的吊顶灯具最好采用圆形,以取法古人天圆地方的传统认识,且寓意圆圆满满,给人以舒服的视觉享受。

客厅内还可以用一些装饰物来满足人们趋利避害的视觉心理。比如,摆设牛角寓意避免邪气来袭;养一缸金鱼给整个家庭增添活跃气氛;摆放几盆花卉既美景养眼,又点缀出客厅的生机勃勃。

客厅内最好不要有梁,因为横梁压顶的感觉具有强烈的空间压抑感,所以在装修时要针对横梁进行一些美观而又艺术的处理方式将其巧妙地掩饰起来。

客厅字画要符合主人身份地位,或根据不同职业选择相应字画。如经商人家中应挂关公像,老人家中多挂松鹤延年图等。如果将山水画挂在客厅中则不要使水向屋外流,寓意"肥水不流外人田",否则会给人折财不利的不良心理暗示。

客厅不宜随便挂镜子,特别是忌讳挂在沙发背后。但如果客厅门正好对着邻居的屋角或墙边时,可挂面镜子作为屏风以寓意化解不祥的冲杀之气。

(2)卧室是温馨祥和的港湾

自然万事万物皆阴阳协调平衡为顺为常,白天工作学习以动为主属阳,晚上安静休息睡眠以静为主属阴(见图8)。人的起居动静结合,符合阴阳平衡原则,晚上静谧熟睡,高质量休息是第二天高效率学习工作的保证。而卧室是我们休息睡眠的重要场所,因此,卧室环境良好,用具用品选择处置合理,就直接关系到人体睡眠与健康。

图8 祥和的卧室

照明　人与其他动物一样,能够感受光线强弱来调节机体兴奋度及生理节律,而卧室是以睡觉休息为主要用途,所以照明不能太强烈。卧室内应多采用间接照明和局部照明。灯具使用柔和的白炽灯,而尽量少用冷清的荧光灯。有条件的家庭应安装一个光线柔和的地灯,以方便起夜。另外,建议床头柜上的台灯或墙上的壁灯最好是可调节亮度强弱的,以满足休息和其他用途的要求。

安静　安静是卧室的一大基本要求,人在噪声环境下难以入睡,所以装修时应将临街的窗户改成隔音窗。多使用木质家具,利用木质家具的多孔性来吸收噪声。而布艺窗帘、床罩、地毯等也是吸收噪声的好材料。避免使用五光十色的地板或天花板,它们的强烈刺激会使人体的中枢神经受到干扰,令人感到心烦意乱,会影响休息和睡眠。另外,注意防止床铺成为噪声源,否则令人尴尬。

床的设置　床宜南北方向摆放,以顺应南北地球磁场方向,机体符合自然法则有利于提高人的睡眠质量,将床东西向摆放则有可能影响睡眠。另外,春夏为阳,床头宜朝南摆放以应之;秋冬属阴,床头宜朝北摆放以应之,即体现睡眠"春夏养阳、秋冬养阴"的原则。

床头不宜紧挨窗口,否则使人睡眠易产生不安全感,如遇大风、雷雨天,这种感觉更加强烈;中医最忌"卧处当风",窗户既是风口,所以,床头紧挨窗口容易使睡眠时稍有不慎就受凉感冒;床也不宜对着空调出风口,否则会造成寒气乘人体睡眠防御力最低的时候乘虚而入,引起感冒,甚至出现一觉醒来发现口眼歪斜,患上了面瘫。如果家中有儿童,儿童天生好动,容易借床爬窗,发生危险。床不宜正对卧室门,以免一览无余,既不雅观,也影响睡眠。床不宜正对梳妆镜,以防止在较暗光线的夜晚,睡眠中朦胧醒来被镜中的影像所惊吓。床下往往阴暗而空气流通不畅,平时难以清理,故不宜贮存堆放杂物。否则,容易因受潮发霉或易孳生细菌、螨尘,产生卫生死角而成为卧室健康杀手。

现代人用席梦思弹簧床垫居多,如果床垫质量不好,弹簧极易发生变形,出现床铺高低凹陷不平,缺乏平整舒适,就会影响睡眠质量而不利健康。床垫的软硬十分重要,床垫太硬则肩部和臀部承受压力过重,而腰部得不到承托,身体缺乏舒适感而影响睡眠;而床垫太软会使脊柱过度弯曲,造成经脉气血运行不畅,既不利休息消除疲劳,时间一长还会导致脊柱变形、骨质增生等病变而危害人体健康。尤其儿童睡软床会影响脊柱骨正常生长发育。另外,椎间盘脱出、脊骨结核的患者,应忌睡席梦思床垫,而应当改睡硬板床为好,有一定辅助治疗作用而以利缓解症状,恢复健康。

枕头卫生　枕头和被褥都是不可缺少的床上用品,但人们对它们的重视程度却大不一样。从人的生理角度看，现在常用的长方形扁平枕是不符合健康要求的，易使颈部肌肉劳损发生"失枕"，甚至引起颈椎病变。符合人的生理和有利于健康的枕头，成人枕头高度以压下后 10～15 厘米高，且以圆形为佳；儿童枕头则 8～10 厘米高即可。经常晾晒被褥是日常生活的好习惯，但却很少见"请"出枕芯到户外透气见光。曾有人从一个使用多年的枕芯中清理出占全重 1/3 的螨虫及其分泌、排泄物。要知道，每天睡觉时，枕头是被褥里污浊空气进出的咽喉要道。加之人睡觉时呼出的浊气，头脸的污垢、唾液汗液的"熏陶"，使枕头变成了床上脏乱差的重灾区。因为，仅仅清洗外部的枕巾、枕套，难以驱除枕芯中的秽浊之气及螨尘等污物，是治标不治本。所以，枕芯要经常清洗或在阳光下晾晒，有条件的家庭还应该经常更换枕芯。此外，中药材自古以来就被认为是最佳的枕芯填充材料，传统中医认为，中药材作为枕芯填充材料在人们的长时间睡眠中可以缓缓发挥所填充中药的药力，起到身体保健甚至治疗疾病的作用，尤其是决明子、蚕砂等阴性中药材符合"凉头热脚"的中医理论，所以它们也成为古往今来流行的枕芯填充材料。

·小贴士·

巧用啤酒瓶灭蚊。夏天蚊子既传播疾病，又影响睡眠。可以用一个空啤酒瓶装 3～5 毫升的糖水或啤酒，蚊子闻到甜味就会自动往瓶子里钻，一遇到糖水或啤酒就会被粘住淹死。

（3）儿童房是快乐成长的天地

现在很多家庭都只有一个孩子，全家人的关爱都集中在他们身上，都希望孩子能健康快乐地成长。因此，儿童房的设计应该多花点心思。

安全第一 儿童生性活泼好动，好奇心强，特别是男孩，破坏性也强，缺乏自我防范意识和自我保护能力，所以在布置儿童房间的时候应该首先考虑安全性问题。为了避免意外伤害的发生，建议家具的边角和把手应该圆滑，不要见棱见角；被单裙摆不要过长，以免孩子绊倒；地面上也不要留有磕磕绊绊的杂物；室内最好不要使用大面积的玻璃和镜子；玩具架不宜太高，应该以孩子能自由取放为好，以防儿童取放玩具时搬倒家具或攀爬时摔伤；电源插座最好设置在儿童不易触及到的地方，还要保证儿童的手指不能插进去，所以最好选用带有插座罩的插座。

保证健康 现在的市场上，流行一些塑料儿童家具，比如椅子、凳子等，造型可爱逼真，很能讨到孩子的欢心，而且价格也不贵，很多父母在这方面也显得很是慷慨。但是，它们却会挥发很多化学物质刺激孩子的呼吸道，对宝贝儿的健康非常不利。最好用有"防撞角"的原木家具。

一些长毛、塑料玩具，尤其是一些泡沫拼图，非常不适合给儿童玩耍。特别是一些深色的玩具，当孩子对色彩鲜艳的玩具爱不释手时，当艳丽的颜色从物体上慢慢脱落下来时，都会让孩子饱尝化学物质中毒的威胁。而那些用很大响声吸引注意力的玩具，也会伤到孩子稚嫩的听力。所以玩具要购买有健康认证的合格产品。

自由空间　孩子总是喜欢在墙上涂画，所以墙壁要耐脏耐用。最好选用颜色明亮、可擦洗的高档环保涂料或壁纸，可以在其活动区域挂一块白板，让孩子有一处可随性涂鸦、自由张贴的天地。这样既不会破坏整体空间，又能激发孩子的创造力。孩子的美术作品或手工作品，也可利用展示板或在空间的一隅加个层板架予以展示，既满足孩子的成就感，也达到了趣味展示的作用。玩耍是孩子生活的一部分，所以独自一人玩耍或与小朋友们共同玩耍，都应有专用的空间。在设计儿童房时，家具应精简实用，留给孩子更多的玩耍空间。

色彩搭配　儿童居室的色彩选择，要考虑到孩子的心理需求，有利于他们松弛身心和休息。橙色及黄色带来欢乐和谐，粉红色带来安静，绿色与大自然最为接近，海蓝系列让孩子的心更加自由、开阔，红、棕等暖色调给人热情、时尚、有效率的感觉。居室的色彩可以浅色调为主，再用其他的色彩进行适宜的搭配，过渡色彩一般可选用白色，这样可创造出活泼的气氛。对于孩子来说，丰富的色彩组合是他们所喜爱的。另外，儿童房间的灯光照明应参照前面所介绍的儿童照明特殊要求。

> **小贴士**
>
> 设计儿童房时家长要充分地与儿童交流，了解儿童的喜好，这样既尊重了儿童的选择，又在交流中增进了感情。

（4）书房是学习工作的场所

书房装饰装修要点　书房是用来读书、工作、写文章的场所，是启迪智慧、培养能力的空间，已成为许多家庭选择家居时给予重要考虑的内容，并重视对书房的装饰装修。一间布置合理、装饰适宜的书房，有利于人们聚精会神地研读学习，又能避免给健康带来影响。那么，为获得一个可以修身养性、读书写字的优雅别致的书房，在装饰装修中我们应该留意哪些问题呢？这里总结归纳"明、静、雅、序"四个字，希望读者从中得到一定的启发和借鉴。

明——合理照明与采光：书房主要以满足阅读、写作和学习之用，它相比于卧室，对自然采光的要求更高，所以应有能满足充分采光的好朝向。书桌摆放位置及坐的方向要处理好与窗户的关系，一要考虑光线从人的左边射入，二要考虑避免电脑屏幕产生眩光。人工照明则主要把握亮度强弱适中、自然柔和、分布均匀，不加任何色彩，这样不易产生视觉疲劳，有利于人们轻松舒适、精力集中地学习和工作。一般中央可选用乳白色罩的白炽吊灯作主体照明，使整个房间尽量没有照明死角；阅读书写区域要以台灯作局部照明，保证阅读书写所需的可见度，一般台灯宜用白炽灯为好，瓦数在40W左右为宜。太暗有损眼睛健康，但太亮刺眼，同样易引起视觉疲劳。书房应避免任何多余、累赘的辅助光，这样会带来适得其反的效果。另外，写字台或书桌台面的大小高度也要按人体工程学原理及实际需要来决定。台面的大小可根据手活动所到的范围以及因学习工作需要而配置的用具和书籍等物品大小多少来决定。

静——修身养性之必需：安静对于书房来讲是十分必要的，因为人在嘈杂的环境中工作效率要比安静环境中低得多，所以在装修书房时要选用那些隔音、吸音效果好的装饰材料。天棚可采用吸音石膏板吊顶，墙壁可采用PVC吸音板或软装饰布等装饰，地面可采用吸音效果佳的地毯，窗帘要选择厚质较重的材料，以阻止产生和隔离吸收各种噪音，从而创造一个安静的读书环境。

书房密集的藏书、电子设备越来越多，使书房空气易受其污染而缺少清新度。因此，书房应空气流畅，通风良好，保持空气洁净、氧气含量丰富，这有利于大脑功能的发挥，使思维更加敏捷，提高脑力工作效率，并能消除学习、阅读、写作等带来的脑力疲劳。一般应保持温度20℃、湿度40%～60%，这时人的精神状态较佳，思维敏捷、学习、阅读、写作最适宜环境。若通风不良，空气混浊，或温、湿度太高则会使人昏昏欲睡，呼吸不适，甚至产生头痛头晕等症状。

雅——清新淡雅以怡情：书房不只是由书柜、写字台加坐椅单调而呆板的组合，书房的装饰中可以把主人的个性、情趣、专业、学识充分展现出来。如书柜中陈列出整齐而丰富的藏书，这本身就最能表现主人的习性、爱好、品位和专长，是真正个性化的艺术品；书桌对面墙上挂幅励志发奋的书画，坐椅或沙发之间悬挂修养心性的横批，可达到视觉均衡而给人对称的美感。另外，书桌上的文房四宝，点缀一两件艺术收藏品，或摆上钟爱的镜框画或照片，窗户边摆上一盆翠绿的文竹等，都可以为书房增添几分雅致和清新。

序——工作效率的保证：书中自有"黄金屋"。书房，顾名思义是藏书、读书、查阅、写作的房间。书柜中多种多样的藏书,有的常读常用,有的偶尔翻一翻,有的是基础工具书,有的是文献资料,等等,为了提高其使用效率,应将书进行一定的分类,分别存放在阅读区、资料区、储存区等位置,这样既让书房显得井然有序,给人美的享受,还可提高学习、阅读及工作效率。

书房布局宜忌　书房是功能性非常强的一个空间,科学合理的布置会使人感到更加方便和舒适愉快。书房的布置归纳起来大致有一字型、L 型和 U 型 3 种常用的方法。

一字型布置:是将写字桌、书柜与墙面平行布置,这种方法使书房显得十分简洁素雅,造成一种宁静的学习气氛。

L 型布置:一般是靠墙角布置,将书柜与写字桌布置成直角,这种方法占地面积小,使用方便,整洁规范。

U 型布置:将书桌布置在中间,以人为中心,两侧布置书柜、书架和小柜,这种布置给人丰富厚重感,使用也很方便,但占地面积大,只适合于大户型的书房运用。

书桌前面应尽量留有一定空间,也就是所谓"明堂"要宽广,最简单的做法就是让书桌面向门口,则视力所及处皆为明堂,寓意前途宽广。也可将书桌面向窗外,这样窗外的景观既能养眼,又能使人头脑清醒,但若室外强光时易产生眩目感。

书桌的背后要有墙为靠山,传统称之为乐山。其寓意得到高人相助。比如读书得到老师的赏识,工作得到上级的器重和提携。一般书桌忌正背门而设,这既带来使用不便,也是缺少靠山之意。书桌的位置不能对着房门,否则会被书房外面的动静干扰,使人注意力不集中,思绪受扰而紊乱,使读书、工作效率低下,常出差错。书桌也不能摆放在房间中央,这有四方无靠、孤立无援之意,寓意在学习或工作中被团队抛弃,很难得到发展。

小 贴 士

书本油污的清除。书本上不慎弄上了油污,可以在上面放上一张吸水纸,用熨斗轻轻熨烫,油污便会被吸入纸内,使书本平整干净。

（5）厨房是加工美食的工厂

一日三餐是人们维持生命的基本条件,而加工美食的厨房当然就是非常重要的地方。卫生整洁的厨房环境是预防"病从口入"的保证,能提高炊事活动效率而增进人们的食欲。

通风设施　在厨房煎、炒、蒸、煮,会产生大量油烟等对人体健康有害的气体,所以,保持厨房的通风至关重要。所以配置相应的抽油烟设备,是现代厨房必备的条件。

当前一般的抽油烟设备有排风扇、抽油烟机两大类。排风扇的优势是:构造简单,易于随时清洗,安装拆卸方便,风力也不小。最好安装两个双向式的排风扇比较理想,由于体积小,不占空间,价格实惠,又不需要专门安装排烟管,所以很多老百姓在使用。而抽油烟机的优势在于风力强大,排烟效果好。一般具有自动启动、报警、盛油、照明等多种功能。缺点是由于构造复杂,清洗困难,必须专业安装、专业清洗,适合现代家庭使用。

厨房安全性 厨房装饰首先要考虑防火防电,以确保安全。因为厨房是使用明火的场所,因此墙壁、吊顶等装修材料必须耐火、抗热,以免发生安全事故。厨房配备的电饭煲、电炒锅、电磁炉、电水壶、冰箱、微波炉等家用电器,要注意用电安全:湿手不得接触电器和电器装置,否则易触电,电灯开关最好使用拉线开关;电源保险丝不可用铜丝代替,因为铜丝熔点高,不易熔断,起不到保护电路的作用;灯头应使用螺口式,并加装安全罩;电饭煲、电炒锅、电磁炉等可移动的电器,应把插头拔下,因为长时间通电会损坏电器,造成火灾。

潮湿的厨房地面建议最好少用或不用天然石材,打湿后会比较滑,容易跌倒。另外,虽然石材坚固耐用、华丽美观,但是天然石材不防水,长时间有水点溅落在地上会加深石材的颜色,变成花脸。而实木地板、强化地板虽然工艺一直在改进,但最致命的弱点还是怕水和遇潮变形,容易霉变,滋生细菌。所以目前厨房地砖的理想材料还是防滑瓷砖,既安全又实用。

垃圾不宜在家过夜 生活垃圾的主要来源是厨房,但是在排满漂亮的橱柜的厨房中往往忘记给垃圾桶留个位子,所以大多数家庭一般是将其随意放在厨房角落。有些橱柜设计师将垃圾桶设计在橱柜内,但实际使用当中存在很多缺点。首先是容易造成遗忘,生腥垃圾在柜内存放时间长且不通风,产生异味极不卫生。同时在操作中要频繁开启柜门易弄脏柜子,打扫起来也很不方便。最好是在橱柜下方设置部分开放空间专门用于放置垃圾桶。

现在很多城市对于投放垃圾的时间有限定,投放垃圾的场所有时也较远。由于工作繁忙,很多人家里的垃圾不是每天及时倾倒,造成细菌繁殖,污染厨房。一些家庭为了方便就将垃圾临时放在家门口,结果影响公共楼梯的卫生和美观,也容易滋生蚊蝇。这些做法都是错误的,最好不要让垃圾在家过夜。

（6）餐厅是享受美食的地方

厨房中做好的美食自然会拿到餐厅来享用,而餐厅的布置会直接影响

59

到就餐的气氛及人们的食欲。

色彩 食物最讲究色、香、味。色彩艳丽的食物本身就能增进人们的食欲，而餐厅环境的色彩也能影响人们就餐时的情绪。餐厅的色彩因个人爱好和性格不同而有较大差异。但总的说来，餐厅色彩宜以明朗轻快的色调为主，最适合用的是橙色以及其相近的颜色。这类色彩都有刺激食欲的功效，它们不仅能给人以温馨感，而且能提高进餐者的兴致。

照明 餐厅灯光与陈设共同决定了用餐气氛的好坏。餐厅照明以悬挂在餐桌上方的吊灯效果最好，柔和的光晕聚集在餐桌中心，具有凝聚视觉和用餐情绪的作用。造型较为简单、温馨和素雅的吊灯最适合营造一个温馨的家庭环境，不仅可以节省电费开支，维护视力健康，而且能够增添家庭气氛。精心选择的一盏或多盏合适美观的餐厅吊灯可以达到增进食欲，凝聚家人情感的温馨效果。

餐桌 "天圆地方"是中国古代的传统认识，为了仿效自然，所以传统的餐桌也以方形和圆形为主。圆形的餐桌象征一家人团团圆圆，和和美美，温馨祥和，能够聚集人气，很好地烘托就餐的气氛，增进食欲。而传统的四方餐桌根据大小的不同，有四仙桌（可坐四人同时进餐），有八仙桌（可坐八人同时进餐）。八仙桌是中国传统用具的代表，象征八仙聚会，大吉大利。此外，方桌因为形状方正，代表公正与稳重，口彩很好，因而是人们的首选。

椅子 椅子的高度一定要和餐桌协调，现代人体工程学认为椅面到桌面的距离以 30 厘米左右为宜，椅子过高或过低都会影响就餐姿势，引起就餐后腹胀不适。另外，多选用有后背的椅子，它可以增加就餐的舒适感。

音乐 我们进入高档酒店用餐，都会看见有专业音乐家在弹奏钢琴，那美妙的旋律使你顿感温馨高雅，食欲大开。在医学上早就证实音乐可促进人体内消化酶的分泌，促进胃的蠕动，有利于食物消化。所以，在我们家中的餐厅里最好也放上一个小音箱，为我们的就餐增加一些浪漫和温馨。

（7）卫生间是沐浴更衣的私密空间

卫生间是盥洗、如厕、沐浴的地方，现代人都愿意投入大量资金用于装修装饰卫生间，使之舒适方便而提高居家生活品质，以利于人体身心健康。

通风 一些住宅的卫生间是全封闭的，没有窗户，只有排气扇，而且排气扇也并不是经常开启，这对人体有害。卫生间中一定要有窗，最好是阳光充足，空气流通，道理很简单，让卫生间中的浊气更容易地排出，保持空气的新鲜。如果完全封闭，又缺少通风设备，对家人健康肯定是不利的，使用一些空气清新剂，只是改变了空气的味道，对空气的质量毫无改善。

防滑 卫生间一般都很潮湿，特别是洗浴或盥洗之后，地面难免湿漉漉的,很容易滑倒,造成意外伤害。所以,卫生间的地面一定要使用防滑地砖,也可铺设防滑地垫。总之防滑应是卫生间装修布置中不可忽视的。

保暖 冬季沐浴应具备取暖保温措施,否则很容易受凉感冒,特别是老人和小孩更是如此。因此,卫生间内一般需要安装两组灯,一组灯用于室内照明,一组浴霸灯用于冬天的取暖,即方便、实用、有效,又经济、实惠、节能。同时,卫生间用电设备一定要防水、防漏电,以免发生安全事故。

卫生 大部分家庭中,洗漱、如厕、沐浴都在卫生间里进行,牙刷、漱口杯、毛巾等与马桶共处一室。而微生物学专家指出,如果冲水时马桶盖打开,马桶内的瞬间气旋最高可以将病菌或微生物带到 6 米高的空中,并悬浮在空气中长达几小时,进而落在墙壁和洗漱物品上,自然很容易受到细菌污染,并通过它们进入口腔和呼吸道。因此,冲水时盖上马桶盖是至关重要的。

不少家庭冬天喜欢在马桶上套个布垫圈,这样其实不卫生,因为垫圈容易吸附、滞留排泄污染物及各种细菌,使传播疾病的可能性增大。因此,布制的垫圈最好不用,如果一定要使用的话,应经常清洗消毒。

在马桶边设置废纸篓以存放使用过的厕纸也很不卫生,因为这样会造成细菌随空气散播。正确的做法是应该将厕纸丢进马桶内冲走,或者可以备一个卫生袋。如果一定要用废纸篓,也要选带盖子的,并及时处理用过的厕纸。

卫生间因如厕、沐浴很容易产生异臭味,这不仅使你在客人面前很没面子,对人的身心健康也有损害。其实,你只要稍稍动动心思,就能解决这个问题。首先,注意控制臭味来源,如随时盖上马桶、勤冲洗和清洁便池消除或减少臭味的产生;其次加强卫生间直接对外通风换气;摆放干花卉、木香等有香气的物品,可发挥一定的避异臭作用。

·小 贴 士·

巧除水龙头污渍。用一个新鲜橘皮外侧面反复擦拭水龙头,污渍便一扫而光了。

(8)阳台是与自然沟通的窗口

阳台是居室与自然沟通的场所,直接感受自然界的阳光、空气和雨露。中国传统阳台以假山、花卉、盆景、灯笼这类设计元素为主,讲究将自然的山水风光浓缩在一处。无论是几十平方米的大阳台,或只有几平方米的方寸之地,只要略花心思,栽种几盆花草,或是砌上一个小水池,就能够打造出一片让人享受休闲与放松心情的乐土。

阳台养花种草有益健康　阳台植物可以选择有寓意家庭事业兴旺的花草,比如万年青、金钱树、铁树、棕竹、橡胶树、发财树和摇钱树等。阳台棚架上的葡萄,窗口四周和墙壁上的攀缘植物,能防止夏季阳光直射而降低室温,有利于增加居室舒适性。阳台上养花,可做到鲜花迎春,绿荫护夏,秋日红叶,冬雪苍松,美化了环境、放松了心情。当您工作学习之余,看到红花绿叶,闻到沁人花香,可以顿觉心旷神怡,倦意全消。当您空闲之际,收拾摆弄一下阳台的花草,可锻炼身体,增进健康,还能丰富生活,振奋精神。

封闭阳台不利于健康　当前住宅大多在卧室或客厅外设有阳台,有的还在厨房外设一个阳台,使人有充分地接触大自然的机会和空间。然而,许多家庭在进行装修时,为了获得更多的室内面积,把阳台封起来。表面上看,封阳台扩大了房屋实用面积,有利于挡住尘埃和污物进入室内,隔离室外喧嚣的声音,甚至还能起到防盗作用。其实,这种做法是弊大于利,对居家健康造成很大影响。因为封闭阳台等于阻断了人与大自然交流的通道,使室内通风不畅,室内外空气交换不良,家人呼吸、咳嗽、排汗,以及炉具、烹饪、热水器使用时产生污浊废气不易向外排出,室内空气难以保持新鲜。久居其中容易使人出现恶心、头晕、疲劳等症状。封阳台还减少了室内阳光照射,可造成婴幼儿生长发育不良和出现佝偻病。

阳台防水很重要　阳台装修的关键,第一是防水,第二还是防水。第一个防水指的是阳台窗的防水。阳台窗的防水,首先要重视窗的质量,密封性要好。其次防水框的里外向不要搞错。如果你没有用窗封阳台,或者你的阳台窗的防水不好,那么就轮到第二条防水线了。第二个防水指的是阳台地面的防水。阳台地面的防水,首先要确保地面有坡度,低的一边设排水口。其次要确保阳台地面和客厅等房间至少要有 2~3 厘米的高度差,才能保证水不进入室内。

·小贴士·

茶叶不宜当花肥。茶叶不宜倒在花盆里,因为茶叶中含的生物碱会破坏土壤的有机养分,不利于植物生长;同时,茶叶在盆中日久会腐烂霉变,污染环境。

服饰穿戴讲究和谐舒适

1. 顺应季节正确着装

（1）春季着装

"春日春风有时好，春日春风有时恶。不得春风花不开，花开又被风吹落"。王安石的这首诗是对春季气候特点的最好写照。春季为我国气候中冷暖交替、多变的季节。今天是春风荡漾，明天可能会寒气袭人；白天气候宜人，早晚却寒冷异常。所以，从保健养生的角度讲，春季的穿衣有其特殊性，宜早晚增衣，中午减衣。衣着的实用性表现为保暖御寒，增减随意，美观得体，松紧适宜。

春季气候忽冷忽热，从养生保健的角度讲，衣料主要选择具有一定的保暖性而又柔软透气吸汗的衣料。例如：纯棉、纯丝绸的料子不会引起皮肤瘙痒，最适宜做内衣内裤，对皮肤具有较好的保养作用；全毛薄花呢、女衣呢，是春季套装的上好选料；生棉细帆布、磨绒斜纹布、灯芯绒等也是上好的春季服装面料，可以加工制作各类休闲的夹克、衬衫及长裤。

另外万物复苏，欣欣向荣的气象张扬着轻松而温暖的心情。这一季节的颜色可以是光谱中的任意一组，由冷色向暖色过渡是最常见的，例如米黄、葱绿。

在色泽上还可根据年龄和肤色来进行挑选。例如：红、橙、黄是暖色，符合春季特有的热烈、明快、富有生机的生活环境气氛，适宜青少年春天穿着；绿、蓝、紫为冷色，色调清新、素雅、大方，适宜中老年人春天穿着。

（2）夏季着装

我们常常听人说："如何吃出健康？"但是较少听人说"如何穿出健康？"其实皮肤的健康与衣着有着密不可分的关系。炎炎夏日，当衣料已经无法再省略的时候，你就要从衣衫的材质上下工夫了，那么夏季什么样的衣料较适合我们的皮肤呢？

丝绸衣服：舒适美观，对皮肤也最友善。柔滑的丝绸具有最佳亲肤性，一般而言，高级衣服很喜欢选用丝绸，同样兼具舒适及美观。不信你试试看，在炎炎的夏日，穿上一袭纯丝洋装，保证通体凉快舒畅。美中不足的是只能干洗，否则容易褪色变形，对经济宽裕者来说这是首选。

棉质衣服：吸汗透气又廉宜。棉质衣服还有一个最大的优点就是便宜好洗，唯一缺点就是易皱，质感则与价钱有关，可以说是从王公贵族至庶民百姓皆宜的好东西。

人造丝：兼具上述两者优点。人造丝清爽舒适质感佳，清洗方便，出现皱褶时用水喷一喷挂起来，早起时就恢复笔挺。高级衣服也常见此材质。

纱质衣服：飘逸又舒适，适合爱美的女性，兼具飘逸与舒适的特点。现代纺织科技的发达，不仅使以上面料成为夏季的宠儿，有些改进的化纤材料，也一改以往的不透气、闷热，其透气、吸湿、排汗的功能不比丝、麻、棉逊色。最重要的是，这些合成纤维不仅穿起来不闷热，还能丢到洗衣机里清洗，省事方便还不变形。

那么，如何判断所要购买的衣服是何种面料呢？当然是看标识。有人会问，如果衣服内无成分标识，如何判断？其实很简单，无成分标识或标识不符者，少有好货，何必冒险。相反，标识越详细的越有品质保证。如果有标识，丝、麻、棉自不必说，要想辨别新型的合成纤维则需要记住这样几个名词，新型溶剂法纤维、天丝、再生纤维素纤维等，这些都是经过改进的化纤，制成的服装透气性极强。此外，从布料的外观和结构上看，越轻薄、孔隙越大的布料越凉快，但是有一些弹性纤维，例如化纤加氨纶，虽然也有轻薄的特点，可是由于它是没有经过改进的化纤，因此透气性差，一出汗衣服就会粘在身上，购买时应注意辨别。

色泽上，冬季要暖色，夏季要冷色，在不同季节穿衣的色彩选择上，这一直以来都被人们认为是理所当然的。炎炎夏季，你一定不想长期待在家里，总想出去呼吸新鲜的空气，但是，火火的太阳总是让你头疼，是否有减少让太阳暴晒的方法呢？有。那就是穿上能够防晒颜色的衣服来减少太阳强烈的照射。

质地不同、颜色各异的服装防晒效果也不相同，深红或者藏青色的化纤织物是最安全的防晒服装。和防晒护肤品一样，其实衣服也有防紫外线系数。如果细心观察就会发现，随着夏季的来临，现在商场已经开始出售贴有防晒指数标签的服装。人造纤维可能容易使人出汗，穿在身上不如棉、麻、毛、丝织物感觉舒服，但因为对紫外线的反射能力强，防晒效果却很好。从颜色的选择上来讲,浅黄、浅蓝、米色和白色的衣服让人们从心理上感觉到凉爽,但实际上对紫外线的防护作用是很差的。夏季的强光对人的视觉本来就是一种强刺激,这时若穿一些极端的颜色,无异于火上浇油,大红、艳蓝、翠绿等色实在太刺眼。反之,素雅、柔和的色调会给人清凉之感。另外有一种白得耀眼的棉质布料夏季慎用,这种布料往往含有荧光增白剂,很容易把紫外线反射到人体裸露的部位,造成伤害。

要想夏季穿着凉爽,必须考虑到衣服内的"吸风"和"鼓风"作用,衣服要做得宽松些,尤其领、袖、裤腿等开口处要做得敞开些,牛仔裤和紧身衣不适合夏天穿。喇叭裙、连衣裙在走动时能产生较大的鼓风作用,因而穿起来比西装套裙更凉快。

是不是穿得越少越凉快? 盛夏酷暑,许多人(尤其是年轻小伙)喜欢上身赤膊,其实并不是这么回事。研究表明,当气温接近或超过人的体温(36.8℃左右)时,赤膊不仅不凉爽,反而更热。因为赤膊只能在皮肤温度高于环境温度时增加皮肤的辐射,传导散热,而盛夏酷暑之日,气温一般都接近或超过37℃,皮肤不但不能散热,反而会从外界环境中吸收热量,因而打赤膊会感觉更热。此外,高温天气下,人体散热主要靠汗液蒸发,这就需要皮肤表面存有汗珠,而高温天气下打赤膊,由于皮肤热量的增加,汗液不断从毛孔中分泌出来,就使得小的汗珠还没来得及蒸发便汇成了较大的汗滴,而大汗滴是很容易流淌的,因而大大降低了蒸发散热的速度。

小贴士

据资料显示:防晒作用最差的是浅黄色的棉织品,其防晒系数仅为7,浸湿后防晒效果下降到4。此外,米色棉织品的防晒系数为9,白色棉织品的防晒系数虽然可达33~57,但用这种材料制成的服装,仍然有可能使敏感性皮肤的人被晒伤。有鉴于此,科学家们建议人们在紫外线辐射相对强烈的夏季,外出时应改变以往爱穿浅色服装的习惯,多穿深色的化纤织物服装。

(3) 秋季着装

秋季应选择那些透气性相对较好的服装材质,如化纤等材料,可以帮助散湿。千万不要让湿衣服在身上渐干!很多患腰肌劳损、肩背关节疼痛等风湿性关节疾病的人,与大量出汗却不能及时更换干衣服有很大关系。那么,秋季什么样的衣服材质适合我们呢?

精纺呢绒:精纺呢绒有薄花呢、中厚花呢、厚花呢三类。薄花呢具有透

65

气性较好，花纹清晰，手感润滑，色泽以中、浅色为主等特点；中厚花呢较薄花呢色泽较深，适于做男女秋冬服装；厚花呢厚而有弹性，呢面光泽柔和、外观朴素大方，适宜做冬季外衣。

粗纺呢绒：粗纺呢绒有麦尔登、制服呢、大众呢等种类。从质量上讲，以麦尔登为最好。从特点上讲，麦尔登其质地紧密耐磨，富有弹性；制服呢呢面比较丰满，不露底纹，手感挺实，富有弹性；大众呢呢面细致，质地紧密。这3种呢绒品，均适宜制作秋冬季服装。

涤纶针织品：涤纶针织品具有牢固、有弹性、手感好、抗皱免烫、易洗快干等特点，是一种比较经济实惠的秋季衣料。

中长纤维布：中长纤维布既可以制作上装，又可制作裤子及外套，具有不缩不皱、免烫易洗等特点，为男女老少适宜的秋冬季衣料。

色泽上，金秋九月是收获的季节，如果穿着冷色调的衣服，就可能产生刺眼和不协调的感觉。对于服装的色彩，每个人的习惯和爱好不同，但秋季最好穿着暖色调的衣服，鲜艳的服装色彩，更容易让人心情舒畅。从浅淡的金色，优雅气息浓郁的驼色，再到彰显气质的咖啡色在秋季都大受欢迎。

一般来说，秋季气候干燥，易引起人们的烦躁，因此衣裤不宜太紧，以宽松舒适为好。秋季最能体现"整体着装"的方式，两件套的套装，带有马甲的三件套装，或许再加上堑壕式外套——潇洒的风衣。青年人在秋季衣着上不宜过多，因秋季的养生特点是"阴精内蓄、阳气内收"，过多的衣着会使身热汗出，汗液过多，阴精伤耗，阳气外泄，不利于养生。秋季气温逐渐下降，添衣不要过多过快，以使人体有抗御寒冷的能力，民间流传的"秋冻"之说就是这个道理。不过，凡事都应有个限度，"秋冻"也不能过头。

儿童和老年人体质较弱，对冷的敏感性较高，在秋季尤其要注意衣服的增减，早、晚应多穿些衣服，避免受凉感冒。当然要避免天一凉就加厚衣服，这样不利于机体对气候转冷的适应力。

（4）冬季着装

一说起冬天，我们自然会想到寒冷，因此冬季服装以保暖为主要原则，但冬天里三层外三层的也没什么必要，穿衣要讲究学问的。首先，衣服要贴身，衣服之所以能保暖，就是因为衣服和身体间充满着不流动空气。所以衣服要贴身，袖口、领口、裤脚必须扣紧或扎紧；其次，要照顾全身。一处挨冻，全身发冷，着装要考虑到全身均衡。最后一个原则是衣服要松软。越是松软的衣服，保暖效果就越好。

当然，冬季也可以整齐、精致的搭配形象出现，这需要技巧，面料可以用羊毛、羊绒、驼绒为原料，可以精纺也可粗纺。

色泽上,冬季服装宜以明亮、艳丽的色彩为主要基调。冬季天气比较寒冷,在这样的季节里的着装,一方面宜选择粉红、黄、浅绿、浅蓝和浅紫等色彩,使人更能与大自然融为一体;另一方面鲜艳亮丽的颜色,也给人一种温暖的感觉。寒极暖至,自然界的暗淡给我们创造展示色彩的机会,反季节的颜色同样会有吸引力。当然,常规的应该是藏蓝、深灰、姜黄、深紫、褐色。冬天戴帽子也是一个比较好的选择,因为头部是人散发热量的部位。冬天随着气温的下降,从头部散发的热量就越多,因此冬天在户外最好戴帽子,这样最保暖。

2. 跟随四季变化着装

(1) 春季——注意"春捂"保护阳气

"春捂秋冻,不生杂病"是一条保健防病的谚语,其意思是劝人们春天不要急于脱掉棉衣,秋天也不要刚见冷就穿得太多,适当地捂一点或冻一点,对于身体的健康是有好处的。用现代观点来分析,这条谚语也是有理由的。

当冬季向春季转换时,人体的防卫体系处于"冬眠"初醒之际,状态朦胧,因此,在这一阶段不能急于一下子脱掉衣物,而应该一件一件地脱。同时,"春捂"还需要多带有一点热,也就是说,平时衣服可以仍然适当多穿一些(见图9)。

图9　春捂阳气

但是,"春捂"也要"捂"得适当,决不是衣服穿得越多越好,而是强调脱衣要"递减",并且根据不同体质,因人而异。春末,气候已经温暖,如果仍然穿着很厚,捂得过度,使人动不动就汗流浃背,不但不能使人免受疾病的侵袭,反而会使人体内的体温调节紊乱,招致一些疾病。要使身体能够适应气候的变化,减少疾病,春捂秋冻只是一方面,更重要的是要注意锻炼身体,增强体质,多进行室外活动,或散步,或做操,或练拳,或参加其他体育运动,并持之以恒。

在乍暖还寒的春季，应适当"捂一捂"，以防衣物脱得太快，患上季节性的感冒疾病，但春捂到底该怎么"捂"呢？

把握捂的最佳时机　冷空气到来前 24～48 小时未雨绸缪。许多疾病的发病高峰与冷空气南下和降温持续的时间密切相关。比如感冒、消化不良等病症，在冷空气到来之前便捷足先登。而青光眼、心肌梗死、中风等，在冷空气过境时也会骤然增加。因此，捂的最佳时机，应该在气象台预报的冷空气到来之前 24～48 小时，再晚便是雨后送伞了。

捂的"临界温度"　春捂还要把握气温，15℃可以称作春捂的"临界温度"。对多数老年人或体弱多病而需要春捂者来说，15℃可以视为捂与不捂的临界温度。也就是说，当气温持续在 15℃以上且相对稳定时，就可以不捂了。

温差 8℃要捂　春天的气温变化无常，冷空气活动仍较频繁，所以早晚仍然较冷，如果日夜温差大于 8℃，这是捂的信号。

捂的时间 1～2 周　捂着的衣衫，随着气温回升总要减下来，但减得太快，就可能出现"一向单衫耐得冻，乍脱棉衣冻成病"。持续的时间，一般认为捂 1 周到 2 周的时间恰到好处。医学家发现，气温回冷需要加衣御寒，即使此后气温回升了，也得再捂 7 天左右，体弱者或高龄老人得捂 14 天以上身体才能适应，减得过快有可能冻出病来。

主要宜捂下半身　现代医学认为，春季人体的下部血液循环要比上部差，很容易遭到风寒侵袭。因而，不能把衣裤鞋袜穿得过于单薄，尤其是老年人更不能把下身衣服减得太多。所以，春捂重在捂下身，其科学道理也在于此。

专家指出，春捂得法，会大大减少发病的机会。相反，如果过早脱去棉衣，极易受寒，寒则伤肺，易发生流行性感冒、急性支气管炎、肺炎等病。因此，为了健康，即使你身体很好，我们也建议你按照以上的方法捂一捂。

(2) 夏季——不薄衣，勤换洗

夏天是自然界阳气最旺盛的季节，也是人体新陈代谢最旺盛的时候，同时也是机体阳气最容易受伤的时候。夏季既然是阳气最旺盛的时候，为什么反而容易受伤呢？因为冬季万物收藏，人体的阳气也藏于内，而夏季阳气散发于外，相对来说体内阳气反而不足，这时如果过于形寒饮冷，就容易伤害阳气，所以中医养生学强调夏季"养阳"，就是告诫人们夏季不能过于贪凉，否则可能导致很多疾病。中医古籍《养老奉亲书》里指出："夏日天暑地热，若檐下过道，穿隙破窗，皆不可乘凉，以防贼风中人。"《黄帝内经》中把风邪列为"百病之长"，认为可引起多种疾病。尤其暑热外蒸，汗液大泄，皮肤汗孔处于开泄状态更容易在不知不觉中被风邪所伤，古人形象地称之为"贼风",并让人们"避风如避矢石"。《摄生消息论》亦指出:"不得于星月下露卧,兼使睡着,使人扇风取凉。"这些都是宝贵的养生经验,符合夏季"养阳"的精神。人们不能只顾一时舒服,过于贪凉,如在晚上露天而宿,对高墙下、夹道中形成的"过堂风"不知避让,长时间在空调环境下工作和生活——这些都会使阳气受伤,导致暑热与风寒之邪乘虚而入引起很多疾病,如风寒感冒、面神经麻痹、胃痛、腹泻等,重者会引发心血管疾病。老年人和儿童身体抵抗力弱,尤其要注意不能贪凉。

顺应自身感觉 众所周知,穿衣服最重要的功能就是保暖,而美观则在其次。正如《老老恒言》中说:"着衣戴帽,适体而已。非为客也,热即脱,冷即着。"意思是,穿衣戴帽,一定要合体;顺应温度变化而增减,不能只为取悦别人而穿衣。

夏不可薄衣 《延寿书》等按照《黄帝内经》"春夏养阳,秋冬养阴"的养生原则,认为在夏天,人要顺应自然界的阴阳变化,和万物一样宣发生长。在夏天,人的运动量比较大,出汗也比较多,腠理开泄,风邪或寒邪很容易从肌肤表面毛孔侵犯人体,而发生外感的疾病,所以认为"夏天不可薄衣","暑月不可全薄"。有些人夏天喜欢赤膊,不少爱漂亮的女孩子更是偏爱露背装、露脐装,这样的穿着是有悖于中医养生的。因为人的背部是督脉所在,主管着人体一身的阳气,背部受寒会阻碍全身阳气的运行,而脐部的神阙穴(即常说的肚脐)属于任脉,任脉的主要功能是调节阴经的气血,与女性的月经、生殖等有密切关系,脐部和背部受寒不仅会影响到脾胃,使人体出现腹痛、腹泻、食欲不振等症状,更可能引起痛经、月经紊乱及宫寒不孕等疾病。所以切莫忘记服装的主要作用,夏季穿衣也不可太薄,尤其腹、背更要注意保暖。

要勤换湿衣 《孙真人卫生歌》说:"春寒莫放绵衣薄,夏热汗多须换着,秋令衣冷渐加添,莫待病生才服药。"提示人们要伴随季节变化而增减衣物,这是养生的重要方法之一。夏天人们出很多汗后要及时更换衣衫,千万不要用身体将汗水浸湿的衣服烘干,否则不仅阳气受损,还会使湿气入里化热,形成湿热证,导致疮疡等皮肤病或风湿痹证。夏季衣服的面料要选择既吸汗又透气的材料,所以最好选择全棉或丝麻的材料,颜色以淡色为宜,可以减少紫外线的吸收。

穿鞋有讲究 《老老恒言》载:"阴脉集于足下,而聚于足心,谓经脉之行,三阴皆起于足。所以盛夏即使穿厚鞋亦非热不可耐,此其验也。"这句话说出了足的重要性,人体的阴脉都汇聚在足心,足心容易受凉,所以即使在夏天穿稍厚的鞋都不会觉得很热。如果脚不注意保暖,会影响三阴经脉内气血的运行,进而影响全身气血的运行。所以厚薄合适、穿着舒服的鞋,对人体是很重要的。很多人都有这样的经验,在天气很冷的时候穿一双暖和

的鞋，会明显增强人的御寒能力，因为寒从脚下起，脚暖则身暖。另外本身阳虚体质、比较怕冷的人，由于夏天人体阳气盛于外而不足于内，所以更要注意双脚的保暖，尽量少赤脚穿凉鞋。

鞋的面料也很有讲究，夏天出汗比较多，所以要选择透气并有助于汗液排出的面料，如真皮或纯棉的面料，最好不穿革质和塑料的鞋。塑料鞋和人造革鞋透气性能差，有足癣或脚汗多的人不宜穿，否则易使病症加重。

（3）秋季——"秋冻"有时，综合调养

夏去秋来，秋风飒飒，虽凉还不至于太寒。如果早早就着裘穿棉，随着寒冷的加剧，就会越穿越多，人体御寒能力也就越来越差。冬泳的人之所以不怕冷，是因为他们从秋天开始就逐渐让机体适应气候的变化，坚持锻炼至寒冬，身体逐渐增强了御寒能力，因此不易生病。

古话说："冻九捂四"，其中"冻九"指的是到了九月不必急于增加衣服，不妨冻一冻。"秋冻"可以保证机体从夏热顺利地过渡到秋凉，提高人体对气候变化的适应性与抗寒能力。这样的防寒锻炼帮助人体的抗御功能更加稳固，从而激发机体逐渐适应寒冷的环境，对疾病，尤其是呼吸道疾病的发生起到积极的预防作用。

把握"秋冻"的最佳时机　初秋，虽然气温开始下降，却并不寒冷，这时是开始"秋冻"的最佳时期，最适合耐寒锻炼，增强机体适应寒冷气候的能力。在夏末秋初开始"秋冻"才能自然过渡到对秋凉和冬寒的机体调节，增强抗病能力。

在昼夜温差变化不是很大的初秋，无须急忙加衣，"冻一下"无妨，并可适当延长秋冻的时间，但是夜间入睡一定要注意盖好被子。秋天夜晚的寒气与夏夜的凉爽不同，人体在睡眠状态容易感受风寒。在昼夜温差变化较大的晚秋则切勿盲目受冻。晚秋常有强冷空气侵袭，以致气温骤降，此时若一味强求"秋冻"，不但对健康无益还有害，容易引发呼吸道和心血管疾病。此时应随时增加衣服，以防感冒。

"秋冻"因人而异　就人体而言，青壮年包括体质较好的老年人和小孩最好不要早添厚衣，这样有利于人体对气候变化的适应。抵抗能力较弱的老人和孩子自身调节能力差，遇冷抵抗力下降，御寒能力减弱，身体会很快发生不良反应，诱发急性支气管炎、肺炎等疾病，应注意气温变化而添加衣服。有慢性疾病的病人不宜进行"秋冻"，尤其是患有慢性支气管炎、支气管哮喘、冠心病、高血压者。寒冷刺激会使支气管和血管痉挛收缩，导致患者旧病复发，出现哮喘、心绞痛、心肌梗死和中风等事件的发生。

"秋冻"亦需多运动　"秋冻"的含义不只局限在不忙着添衣、被太早

"捂"得过分严实,还应从广义上去理解,如增加运动锻炼,户外活动,多接触自然环境等。

天气渐凉时,如果加强防寒锻炼,可使人体的防御功能得以唤醒,激发机体逐渐适应寒冷的环境,增强机体适应寒冷气候的能力,有利于避免许多疾病的发生。不同年龄可选择不同的锻炼项目,但无论何种活动均以适量为宜,切忌大汗淋漓,使阳气外泄,伤耗阴津,削弱机体的抵抗力。当周身微热,尚未大量出汗时停止,对身体最为适宜。散步与慢跑节奏和缓而运动量适中,是理想的秋季运动项目。如果决定进行冷水浴锻炼,应在整个秋天坚持,不要间断。

从现代医学来看,"秋冻"是有一定科学道理的。秋天适度经受些寒冷,能够提高皮肤和鼻黏膜的耐寒力,对安度冬季有益。

由此,我们可以看出,"秋冻"既强调了秋季养生原则,还提倡了积极健身的保健方法。当然,"秋冻"还要因人而异,因时而为。对于老人、小孩及体弱多病者,由于生理功能差,抵抗力弱,当天气骤然变冷时,适当地增添衣服是必要的,否则对身体健康不利。

(4) 冬季——松紧厚薄要适度

冬日,为了抵御寒冷侵袭,长筒靴、紧身高领毛衣、厚衣服都成了不少人过冬衣服的首选。但是这些衣物紧紧地"捆"在身上或过厚都会对人体健康造成不良影响。因此冬天穿衣不宜过紧、过厚。

穿衣不要过紧 衣领过紧会使颈部血管受到压迫,使输送到脑部和眼部的营养物质减少,进而影响视力,也会影响颈椎的正常活动,容易导致颈椎病。而很多人穿的皮靴过紧、靴跟过高等,会使足背和踝关节处的血管、神经受到长时间的挤压,造成足部、踝部和小腿处的部分组织血液循环不良。

衣服不是越厚越好 在寒冷的冬季,不少人特别是老人和小孩,为了保温防寒,经常穿得鼓鼓囊囊的,以为穿得越多就越暖和。其实,这种想法是很片面的。因为衣服本身并不产热,只起到隔离的作用。而穿衣过厚,会抑制体温调节功能适应性,减弱御寒能力。

戴口罩时间不宜过长 冬日,很多人戴上了口罩,但实际上鼻黏膜里有丰富的毛细血管对进入鼻腔的冷空气进行加热加湿。当冷空气经鼻腔吸入肺部时,一般已接近体温。要是整天戴着口罩,鼻腔及整个呼吸道的黏膜得不到锻炼,稍微受寒,就容易感冒;另外,口罩虽然能隔绝外界不好的东西,但自己呼吸出来的废气也排散不出去,鼻子、口腔、咽喉这些部位是人体跟外界相通的通路,如果一直不让跟外界有相通的机会,一点凉也受不了,一点风也受不了,也是不对的。应该锻炼自己的免疫力。

服饰穿戴讲究和谐舒适

3. 服饰宜忌因人而异

(1) 老人穿着——冬暖夏亦暖

老人穿着应注意什么？老人穿着首先应考虑实用性。冬装要保暖，夏衣要消暑，注意保护身体。其次，衣服要舒适，要适合老年人体型变化特点。力求宽松舒适，柔软轻便，不要对身体产生束缚感，那些富有民族特点的中式服装很适宜老人穿着，还可以结合老人的体型来考虑，瘦人服装宜松些，胖人服装松度要略减一些。在衣服的造型上要简单，线条要明快，力求在利索大方中突出雍容潇洒之气。衣着装饰性线条和配饰宜少不宜多，切忌繁琐。颜色上打破蓝黑灰老三色，力求静中有动。可以选择中间色的布料，也可以内衣、毛衣为起点选用鲜艳的颜色。再者还可以选择质地考究的面料衣服，这种衣服不仅耐穿，而且显得非常庄重。总之，老年人要综合考虑服装的款式、颜色搭配、面料质地以及自己的体型，只有这样，才能穿出自己独特的风格。

在寒冷的冬季，老年人在保暖方面要注意什么呢？在人体的各个部位中，头、背和足这三处是最需要保暖的。

头部：人的头部是大脑神经中枢的所在地，为诸阳之会。头部的皮肤虽然薄，但血管及汗毛既多且粗，所以，体内热量常从头部大量往外蒸发。有关研究资料表明，气温在 15℃ 左右时人体约有 1/3 的热量从头部散发；气温在 4℃ 左右时，人体约有 1/2 热量从头部散发；而气温在零下 10℃ 左右时，竟会有 3/4 的热量从头部"跑掉"。由此可见，头部与人体热平衡的关系很大。一个人如果只是多穿几件衣服，而不戴帽子，那就像热水瓶不盖塞子一样，热气就会源源不断地向外"输出"。寒冬戴帽子不仅能保暖，而且还可避免引发风寒感冒、咳嗽、头痛、面神经麻痹（即口眼歪斜）等疾病。

背部：背部更要保暖。根据中医经络学说，人体背部有许多重要穴位与体内五脏六腑相连。当背部保暖不良时，风寒容易从背部入侵而损伤阳气令人生病，或使旧病复发或加重，尤其是患慢性病的老人及体质虚弱者更需注意。背部保暖很简单，只要穿上一件贴身的棉背心或皮毛背心就行了。

足部：足部保暖也相当重要。俗话说："寒从脚下起。"足部一旦受凉，原来潜在鼻咽部或新近侵入的病毒、病菌就会大量繁殖滋生，趁人体受寒后抗病能力降低，引发感冒、胃痛、妇女痛经等多种疾病。现代医学研究认为，脚离心脏最远，血液供应比身体任何部位都少，血液循环又最慢，加之足部表面脂肪层很薄，保温性能甚差，容易遭受寒冷的侵扰。

（2）婴幼儿——春捂又秋冻

勤穿勤脱话"春捂"　春季是万物升发向上，推陈出新的季节。对婴幼儿的穿戴调理，也应适应万物升发向上的特点。春季多风且空气干燥，再加上空气中有花粉、茸毛等过敏源，而婴幼儿的皮肤娇嫩适应能力弱，易引起一系列皮肤疾病。所以婴幼儿衣着选择和增减尤显重要。

人类是恒温动物，体内有一套完善的体温调节系统，以适应外界气温变化。但对于婴幼儿来说，身体各部位正处于生长发育阶段，体温调节中心尚未健全，适应环境变化能力较差。而春季是由冬寒向夏热的过渡，气候特点是阳热之气渐生、阴寒之气未尽，气温逐步回升，虽阳光明媚，但时常又有未尽的冷空气活动，使气候寒暖变化较大，一天之中的气温多变莫测，昼夜温差变化甚巨。春天平均气温虽已比寒冬腊月明显升高，但此时仍然要尽量注意保暖避风防寒，在穿着上应根据婴幼儿调节和适应力较弱的生理特点"捂一捂"，气温上升时穿多了，多一件，脱一件；气温下降时穿少了，"少一样，穿一样"，忌一下添减过多衣物；更忌突然给婴幼儿脱去保暖冬装而马上换单薄春装，以防受风寒遭凉而患病。

春天气候寒暖变化巨大，婴幼儿体温调节功能和自身抗病免疫力都很弱，小宝贝难以适应这种乍暖还寒的气温变化，因此穿着上要"春捂"。但家居生活中，"捂"是个相对的概念，不是穿得越暖和越好。穿得过多，捂得过暖，不但使幼儿身体失去耐寒锻炼机会，让其更容易患感冒等疾病。还有的甚至把婴幼儿捂得大汗淋漓，出现缺氧脱水等严重后果。

那么，妈妈们"捂"小宝贝，有什么窍门呢？

中医认为，小儿生机勃发，一般属阳气偏旺之体，"春捂"并不能给幼儿穿得过厚，捂得过暖。否则，会助阳生热而消耗阴液，导致内热上火则影响心身健康。或衣着厚重，捂得过严一动即发热出汗，身热脱外衣而汗湿内衣，此时幼儿不能自理，大人疏于关照，幼儿背部遭凉受寒，则反而容易感冒生病。所以，在幼儿运动出汗后，要及时擦干或换上干爽的衣服，以免遭凉而感冒。对年龄大些而体质较强的幼儿，还可在中午阳光下，或数分钟活动后，刻意略微让其少穿一点衣服，让他稍感凉意以锻炼御寒能力来增强婴幼儿的体质，从而提高其免疫力以减少疾病的发生。

2岁以下的婴幼儿，常抱在妈妈怀中，其正常体温一般会比成年人高些，对环境温差变化的感受也不甚敏感，且尚无很明确的语言表达能力。此时，父母要了解天气预报，关注近期气温变化趋势，并参考家居实际气温和自身的着装感受，再根据婴幼儿所处具体环境及不同作息时间段，有计划地、适时地给婴幼儿增减衣服，经常抚摸婴幼儿额头或背心，捏一捏小手小脚,总以额头、背心不出汗,手脚不冷不热为其标准。

2岁以上的幼儿,随着自身运动量增大和在户外活动机会的增加,虽也要"春捂"以保暖防寒,但衣服要厚薄适中,应当比怀抱中的宝贝略微少穿些,衣着一般应以日常生活不出汗为宜。减衣换装时,应从头上帽子围巾、足下鞋袜开始,逐步脱下冬装而换上春装,即俗话说,"凉头凉足,当吃补药"。如果年龄大些或爱动的幼儿,通常穿着只比成人稍多一件就行;更大些或活动量很大的幼儿,可以和成人穿得一样多。"春捂"的关键,是要根据幼儿的活动程度与作息时间等情况,适宜地、及时地添减衣着,以防遭凉生病而影响健康。

春天人体的阳气升发向上,衣物质地上,最好选择质料柔软、易于透气的棉质品,或先给婴幼儿穿一件棉质贴身衣服,以减少皮肤直接受刺激的机会。避免穿戴质地粗糙的高领毛衫和非棉质的围巾,以防止过敏。服装款式上最好挑选运动装以方便其活动自如,使其增加运动量来顺应阳气升发,起到锻炼身体的目的。

另外,不要给幼儿穿得太多,像个小绒球,或衣服紧贴捆绑全身,或不管保暖透气性能,只图穿着漂亮,或款式缺少天真活泼而成年化,这都是幼儿着装容易出现的问题,即使婴幼儿肢体活动不灵,运动不便,舒适感低,减少宝贝锻炼的机会,又不利其生长发育,影响家居健康。

薄衣御寒话"秋冻" 中国自古以来就流传着"春捂秋冻,不生杂病"的谚语,它符合了秋天"薄衣御寒"的养生之道。这里"秋冻"的具体含义是指秋季到来以后,不要气温稍有下降就立即增衣,应有意识地让身体适当"冻一冻",让皮肤、鼻黏膜等适度经受些寒冷刺激,以增强身体的御寒能力,提高人体对气温变化的适应性,以备安然过冬。

怎样让幼儿"秋冻"呢?根据日常生活经验,当以"背暖、腹暖、足暖、头凉、胸凉"为其增减衣物的原则。

背暖:保持背部的"适当温暖"可以预防疾病,减少感冒的发生,但不可"过暖",否则背部出汗多,易因背湿凉而患病。应当经常检查幼儿背部是否出汗,温度是否过高,以便调整衣物。

腹暖:腹部是脾胃所居,保持腹部暖和即是保护脾胃。幼儿常脾胃不足,易受阴寒邪气侵袭,从而损伤脾胃功能,使脾胃不能正常、稳定地运转,这是幼儿腹痛常见因素。所以,"腹暖"是幼儿保健的重要一环。睡觉时为婴幼儿围上兜肚,是保护脾胃的好方法。

足暖:中医认为,"四肢为诸阳之末",足部是阴阳经穴交会之处,皮肤神经末梢丰富,对外界气温变化最为敏感。注意维护婴幼儿的手脚暖和,是保证其能够适应气候变化的指征。

头凉：从生理学的角度来讲，幼儿经由体表散发的热量，有1/3是由头部发散。头热容易导致心烦头晕而神昏，所以中医认为，头部最容易"上火"，婴幼儿患病更是头先热。如果幼儿保持头凉、足暖，则说明其体内阴阳上下交通，气血循环顺畅，必定生理功能协调而身体健康。

胸凉：秋季婴幼儿穿着过于厚重臃肿，压迫到胸部，会影响正常的呼吸与心脏功能，还容易造成心烦与内热。"肺为华盖"，即肺就像两片叶子，它正常伸展，才能发挥吐故纳新的功能。所以，在保暖御寒前提下，幼儿上身服装注意胸背部位也应轻柔宽松，能透气散热为要。忌秋季穿着过于厚重，过于严密暖和，不利于幼儿耐寒锻炼。

新生儿离开母体后，需要逐渐适应外界寒暖的变化，自己调节体温，如果这时给婴幼儿暖衣厚被，婴幼儿要调节体温就要出汗，而体液过多消耗，就不能适应寒冷刺激。所以要让婴幼儿增加户外活动，以增强适应能力。另外古人的"薄衣之法，当从秋习之"，强调了"薄衣"的习惯应从秋天开始养成，慢慢适应，到冬季再略加衣服即可。这样既锻炼了耐寒力，又不至于使其受风寒。

儿童饰物——量少为宜　在日常生活中，经常看到许多婴幼儿的脖子上戴着各式各样的饰物，由金、玉、塑料等不同材料制成，真是让人眼花缭乱。家长对婴幼儿的疼爱无可非议，但可能就这样一个小小的细节会让婴幼儿面临危险。在幼儿园游戏时，其他婴幼儿如果出于对饰物的好奇而去拉拽，就很容易勒伤幼儿颈部。午睡时有个别婴幼儿喜欢将颈饰含在嘴里，如果线绳被咬断，幼儿吞下饰物，后果将不堪设想。

饰物对身体健康有害，幼儿将饰物含在嘴里，大量细菌进入了口腔，影响幼儿的身体健康。另外，幼儿皮肤细嫩，容易对颈饰制品发生皮肤过敏，使颈部皮肤瘙痒、红肿。除此以外，女婴幼儿的发卡之类的饰物也同样需要避免锐角。

· 小 贴 士 ·

小孩穿衣宜少不宜多。专家提醒：不要给婴幼儿穿化纤衣服，化纤衣服易产生静电，它会加重皮肤的干燥和不适感。不要给婴幼儿穿高领毛衣或绒衣，虽然它可抵御风寒，但容易引起颈部瘙痒及荨麻疹。不要给皮肤过敏的婴幼儿穿羽绒服，因它可诱发全身皮肤出现皮疹及支气管痉挛。

(3) 孕妇穿着——简洁、大方、美观调心境

怀孕后,身体从内脏到外表都会发生很大的变化,有的孕妇面部有"蝴蝶斑";腰身又粗又圆,身体的曲线由于乳房和臀部的过分增大而面目全非。不少孕妇一时间适应不了。然而孕妇形象是世间最美丽的风景,"挺身而出"的优美曲线散发着浓郁的魅力。怀孕期的服装要适应这一时期的特殊需要。随着怀孕月份的增加,孕妇体形改变,行动变得笨拙,服装最好以舒适、宽大、洁净为原则。可选择色调明快,柔和甜美的图案,简单易穿脱的式样。

夏季,酷暑令孕妇难以忍受,应选用易穿脱、易清洗、吸湿性能好的服装和布料,最好是纯棉服装。

冬季,孕妇的着装应注意不要让腹部和腰腿受寒,衣着要轻而暖,最好选用保暖性能好的毛料。短款的风衣便于行动,是比较好的选择,而且下摆宽大的短风衣看上去还非常浪漫。长大衣穿起来非常笨拙,活动时腿脚伸展不开,在孕期穿着不太适宜。

简洁宽松舒适　孕妇装的款式要根据孕妇身体的变化来考虑,但先要简洁宽松,易穿脱,冬季保暖,夏季凉爽。通常,孕妇怀孕到5个月后,腹部明显隆起,胸围、腰围、臀围增加,体形丰满,这时开始穿孕妇装最合适。孕妇装的款式,首先要注重易穿易脱,使孕妇穿上不会有拘束之感;其次是服装造型能掩饰不断变化的体形,所以孕妇装以裙装款式居多。在宽大的衣服上抽碎褶或打裥也是孕妇装的一个特点,裥最好不要打得太多,太多反而产生夸张感;衣裙也不宜太长,太长会显得笨重。今天,孕妇装的款式更加多样,有连衣裙、休闲内衣、短裙、短裤、西服套装、大背心、牛仔长裙等。当然,在讲究宽松、舒适的同时,还要根据自己的喜爱,注意色彩的搭配和款式,以使即将做母亲的人有一个良好的心理状况,以利于母亲和胎儿的健康。

衣料随季节而变　从季节上看,孕妇装夏季以棉、麻织物为宜;春秋季以平纹绒织物、毛织物、混纺织物及针织品为宜;冬季用各种呢绒为好,也可用带有蓬松性填料的服装。特别是内衣要柔软,吸湿性强,不要穿化纤衣物,因为化纤织物透气性差,影响皮肤散热,又容易引起皮肤瘙痒。化纤织物分子细小,纤维易堵塞乳腺导管,导致产后乳汁不足。孕妇衣着在舒适、简单、方便的前提下,增加美感,可使身心愉快。凡是又厚又硬的面料都应避免使用。

款式随身材进展而变　孕妇的穿着必须注意身材的进展,选择简单而美观的孕妇装,宜宽松不宜过紧,质地柔软,式样简单,易穿易脱,防暑保暖,清洁卫生。特别是乳房及腰部不宜束缚过紧,否则会影响孕妇的活动和胎儿的生长发育。孕妇由于子宫的增大,身体重心前移,一般常是挺胸和腰背

后曲姿势,因此,在孕后期宜穿舒适的平底鞋。

孕期是一个非常特殊的时期,不仅从饮食营养、休息养生方法要特别注意,穿着也不应马虎。除以上提到的,还应该特别注意以下几个方面:

鞋类:孕期应选购鞋跟较低,穿着舒适的便鞋。孕妇足、踝、小腿等处的韧带松弛(像骨盆韧带一样),因此须穿舒适点的鞋。随着体形的改变,身体的重心也相应地发生转移,此时穿高跟鞋不仅难以保持身体平衡,而且会恶化体态,引起背部疼痛。到了孕后期,足、踝等部位会出现水肿,这时可穿大一点的鞋子,鞋底要选防滑的。

内衣:孕妇衣物选购项目中最重要的是乳罩的选择。宁可多花点钱,也一定要选择一副既合适又受用的支撑式乳罩。孕期乳房的变化很大,很突然;婴儿出生或断奶后,乳房还容易下垂。因此需要穿戴能起托扶作用的乳罩,但尺寸一定要在买前准备好。要想舒服,尽量选择含棉质较多的产品,并且背带要宽点,乳罩窝要深些。先买两副即可,以后根据乳房的变化可再买些。分娩后,改换2~3个哺乳乳罩。有的孕妇晚上睡觉喜欢戴夜用乳罩,不妨也买几个备用。

在内裤的选择上,不要选三角形有松紧带的紧身内裤。可选择上口较低的迷你内裤,或上口较高的大内裤。这些内裤前面一般都是用弹性纤维制成的饰料,有一定的伸缩性,以满足不断变大的腹部。

弹力袜和长筒袜:弹力袜可消除疲劳、腿痒,防止脚踝肿胀和静脉曲张,尤其是如果在孕期仍需坚持工作的话,其妙用会更为明显。

宽松的上衣:宽松下垂的 T 恤、圆领长袖运动衫以及无袖套领 T 恤衫,这些上衣看上去很好,分娩后仍旧能穿,上衣要保证宽大且长。

背带装:孕妇背带装或裙或裤质地、造型、款式,正适合并从视觉效果上修饰了孕妇日渐臃肿的体形。腹部和胯部的设计尤为宽松流畅,背带长度可自行调节,穿着它,四肢伸展自如。它们可以和衬衫搭配,也可以和毛衣搭配,里面穿多或穿少都既不显肥大又不显紧巴,适合在春秋季穿着,即使到了隆冬,外加件大衣就足以御寒了。

有弹性的裤子:运动装的裤子既舒服又无约束,只需将裤腰的松紧带改为带子,就可适应孕妇的腰围。

居家生活好习惯

1. 恰当挑选个人卫生用品用具

（1）怎样挑选牙刷

挑选牙刷，主要掌握以下三点：

① 头部要短小些，使牙刷在口腔空间灵活转动，使每只牙齿的牙面均能刷到，刷清牙齿斑点和软垢。

② 牙刷的毛要细软而富有弹性，每根刷毛尖端要处理成圆钝形，以利牙刷既按摩牙龈，又不至于刺伤牙龈。

③ 牙刷柄部要有足够长度，刷牙时能把握住牙刷，不至于滑脱。

此外，牙刷毛束之间不要太密，适当的间隙有利于牙刷本身的洗涤和清洁。

（2）怎样挑选毛巾

纯棉最佳 100％全棉的毛巾不仅拥有柔软舒适的触感，而且由于棉纤维的亲水性使其具有绝佳的吸水性。棉纤维的自然特性使得它比化学纤维具有更强的保水性。因为其他纤维的毛巾是通过纱线中纤维之间的空隙和纱线之间的空隙吸收水分，而棉纤维本身具有吸水性，因此，全棉毛巾具有优良的吸水性能。另外，在购买毛巾时请注意，厚实丰满、织造紧密的毛巾质量比较好，而且具有较好的吸水性。

良好的吸水性 品质好的毛巾如果滴上水滴，能迅速吸收，如果用来擦手擦脸的话，能快速擦干水分，去尽尘污；而劣质毛巾擦在脸上滑溜溜的，不吸水，不去污。

要看出厂地 品质有保证的毛巾包装盒上会明确标出：生产厂家、产地、电话、商标、执行标准、洗涤方式等。

鉴别毛巾好坏的方法　首先是看外观。无论是印花还是素色毛巾,只要用料讲究,工艺到家,色彩一定比较鲜艳,一眼看去就有一种新鲜感,而且图案印制清晰,毛圈均匀,缝边齐整;避免购买色伪如旧的毛巾,这种毛巾一般工艺简单,用料很差,甚或偷工减料有碍健康。

其次凭手感。优质毛巾手感柔和,摸在手里蓬松而富有弹性;避免购买手感干硬的毛巾;另外还可以闻气味。合格的毛巾产品应无异味。

浴巾同上。

2. 日常洗刷常识

(1) 洗漱姿势

人体经过一夜睡眠之后,肌肉、韧带、关节囊等软组织会变得僵硬而无法灵活运动。此时,如果马上成为半起半坐那样弯腰翘臀的姿势进行洗脸、刷牙,就会对腰椎间盘产生较大的压力并使关节囊负荷加大,成为腰椎间盘突出症发作的诱因。为了避免在刷牙、洗脸时诱发腰椎间盘突出症,首先,要在起床后略微活动一下腰部,做做后伸、左右旋转、"伸懒腰"等动作,使腰部不至于从相对静止的状态马上转移到一个增加腰部负荷的动作,但最重要的是要注意洗脸刷牙时的姿势。正确的姿势应是膝部微屈下蹲,然后,再向前弯腰,这样可以在较大程度上减低腰椎间盘所承受的压力,而且能降低腰椎小关节及关节囊、韧带的负荷。此外,洗脸盆不要放置得太低,避免由于腰椎过度向前弯曲而加重腰部的负荷。

洗漱动作是日常生活中经常进行的动作,但人们往往忽视洗漱时的姿势,使之成为腰椎间盘突出症的诱发因素之一。因此,平时应加以注意,尤其是常有腰部不适,或患有腰椎间盘突出症病史的患者。

(2) 冬季洗漱有讲究

寒冬腊月,一般人都喜欢用热水洗漱,认为可以增加体温,帮助驱寒,其实,冬天以冷水洗脸、温水刷牙、热水烫脚对健康更为有益。

每日晨起和午睡后用冷水洗脸,可使面部和鼻腔内的血管收缩。等冷水的刺激消失后,这些血管又会迅速产生反射性的充血扩张,这一张一弛,被人誉为一种良好的"血管体操",促进了面部的血液循环,改善了局部皮肤组织的营养,大大提高了对寒冷的适应性。这种"血管体操"还能增强皮肤的弹性,增加皮肤的光泽润滑,减缓或消除面部皱纹,同时,冷水洗脸对大脑神经有较强的兴奋作用,可使人头脑更清醒,精神振奋,视力增强,对老年人更有好处;对神经衰弱,神经性头痛,头昏者也很有好处。

此外,冬天用冷水洗脸,可通过冷水对面部及双手的刺激,增加机体的耐寒能力,对预防伤风感冒、气管炎等呼吸道疾病,防止面部及双手冻疮也有一定作用。所以,俗话说:"冷水洗脸,美容保健"是有一定道理的。

冬日刷牙,适宜用温水。在日常生活中,有些人认为刷牙水的温度高低无所谓,事实并非如此。医学研究表明:牙齿进行新陈代谢的最佳温度为35~36.5℃。倘若刷牙时不注意水温,经常使牙齿受到骤冷或骤热的刺激,不仅容易引起牙髓出血和痉挛,还会直接影响牙齿的正常代谢,从而发生牙病,缩短牙齿的寿命。尤其是患有牙齿过敏、龋齿、口腔溃疡、舌炎的病人,冷或热刺激,都会诱发或加重病情。而温水则是一种良性保护剂,对口腔、牙齿、咽喉都有保护作用。用温水漱口,还会感到清爽舒服,使口腔内的细菌,食物残渣更易清除。

冬天晚上睡前洗脚以热水(不低于45℃,有人认为60~70℃为宜)为好。我们知道,足远离心脏,血管分支为最远端末梢,皮下脂肪层又薄,加上冬天寒冷侵袭,人们活动量减少,致使足部血流不畅,血液供应不足,代谢产物不能及时排出去。如每天晚上睡觉前,用热水烫一烫脚,就能有效地促进局部血液循环,增加脚部营养供给,保持皮肤柔软,清除下肢的沉重感和全身疲劳。同时,热水对大脑皮层也是一种良好的刺激,有利于促进睡眠,此外,热水烫脚还防止足部冻疮和皮肤开裂。所以俗话说:"睡前烫烫脚,胜似吃补药。"

冬季气候干燥,人们活动少,出汗不多,保护皮肤的皮脂膜相对比较薄,因此,不必常用沐浴露和沐浴皂来洗澡,水温也不宜过烫,以每周1~2次为宜。身体较胖的人和皮脂腺分泌旺盛的油性皮肤者,可适当增加洗澡次数。老年人皮脂腺分泌减少,更要适当少洗澡。夏季天天沐浴,也不是每次都要用沐浴露,只需冲掉汗液即可,清洁过度反而容易引起瘙痒等不适。

(3) 梳头有方法

梳发,是保持美发不可缺少的日常修整之一。梳发可以去掉头及头发上的浮皮和脏物,并给头皮以适度的刺激,以促进血液循环,使头发柔软而有光泽。

俗话说:"千过梳头,头不白。"每天早晚用牛角梳或黄杨木梳,由前向后,再由后向前轻轻触及头皮,各梳刮数遍,可疏通经气,促进头部血液循环,防止头发营养不良而导致的白发、黄发和脱发,同时可消除用脑过度而导致的头涨、麻木等。梳头的时候要用力平均，仅让梳齿轻轻接触到头皮便可以，绝不要让梳齿划破头皮。

如果头发是干性的，梳的时候要多用些力；头发是油性的，梳的时候用力越小越好，如果用力太多，会刺激皮脂增加分泌。

此外，借着梳头的动作，如果单纯只用梳子梳，并不能梳掉头发上的污垢，而是让污垢转移地盘而已，它并没有离开头部。所以应当把梳齿插进尼龙丝袜里，让梳背梳上十多下，你会发现污垢都留在尼龙丝袜上了，那时另换一片干净的再梳，这样既可梳掉污垢，也可以保护梳子的清洁。有些人在梳齿间夹着棉花，但这并不比尼龙丝袜好用，因为脏了的棉花纤维，最容易留在头发上。

梳头用的梳子清洁与否，是非常重要的，有许多头皮病都是由梳子作媒介传染的，因为污垢留在梳子上时间一久，会发生化学变化，所以梳子要勤洗。洗梳子的方法是先在肥皂水里浸上十分钟，然后用旧牙刷刷洗，洗过再用清水冲冲，然后插在筒子里或杯子里。如果发现梳齿弯曲不直，应当另换一把。

3. 家庭美容护理

（1）男士美容护理

仪容外表是人的第一张名片，具有年轻体面的仪容外表，总是有较多成功的机会。一个连自己的仪容都不能打理整洁的男士，怎么有可能挑起一项事业的担子？男性比起女性来说，由于毛孔要大一些，表皮容易角质化，加上有较大的活动量，使汗液和油脂分泌也较多，所以其皮肤要粗糙和油腻一些。一方面容易使灰尘和污垢积聚于皮肤毛孔中，堵塞毛孔，引起细菌感染，而导致皮肤炎症。另一方面皮肤自身分泌的油脂、汗液也容易堵塞毛孔，整体上看油头垢面，很不雅观。因此，男性一般无需化妆，但应该注意皮肤护理，重在保持仪容干净整洁，最好能经常做护肤美容。正因为如此，今天男子美容已经呈现出大众化的趋势。

人们都不喜欢与邋遢、不拘小节的人交往。由于男性皮脂分泌较多，汗腺也较发达，容易产生异味，故应该更加注意讲究卫生，勤洗脸、洗发、洗澡、剪指甲、换衣服，随时保持身体干净卫生，避免烟味太浓。在保持干净整洁仪容上要着重注意以下点：

定期修理变换发型　男士头发留的大都是短发，很容易让人觉得头发又长了许多，显得不太精练。所以6个星期修剪一下发型是比较理想的频率。另外时时变换一下发型，人的精神面貌也会变得焕然一新。

　　勤洗护发　由于男士头发大都较短,在睡觉、风吹过后容易走形,所以较多使用定型用品,但容易起屑,使头发变脏,需要经常清洗。如果留长发,则更要天天洗。

　　天天修面　为避免下巴成为女性害怕的"秃毛刷",要坚持养成天天修面的习惯,给人精练清爽的感觉。

　　清理眉毛　修眉不是女性的专利。男性五官最有魅力的就是眉毛了,两道挺拔的浓眉使人感受到浓浓的男性魅力。但不是所有的男士均有完美的眉形,所以要时时清理杂毛,还眉毛以清晰明朗的外形,整个人也会由此精神起来。

　　保持面部不泛油光　在各种社交场合中,应该随身携带吸油面纸,随时一吸,即能使面部恢复清爽。

　　清淡雅致的男士香水会使男人显得更有品位和气质,需要的时候不妨洒上一些,会使人更有魅力。

　　整体格调健康舒适　这里是指胡须、头发等对外观有影响的因素。不是说男性不能留胡须或长发,而是要根据自己的性格及外形条件决定是否留胡须或长发。无论是否留胡须,都应保持干净,力求整洁大方,而不要总让人有"沧桑感";如果留长发,请注意保持干净整洁。这里建议男性不留长发,发尾不超过耳根,发式以线条简洁、流畅、自然为好,给人以健康舒适的感觉。

　　养成自我保养意识　要保持仪容干净整洁,男士也应使用基本的护肤品进行日常护肤美容。夏天注意防晒,冬天注意防冻,春季多风,秋季干燥早晚一定要涂深层保湿面霜。如果嘴唇干裂,可涂滋润型唇膏,使皮肤得到充分营养而保持光亮润泽。日常男士护肤程序如下:

　　洁面(洁面乳):选择 30～40℃ 的温水,动作要轻柔,时间在 30～60 秒之间,每周最好用磨砂洁面乳洗脸 2 次。

　　剃须(剃须膏):剃须前必须洗脸,这样避免细菌侵入。

　　爽肤水:洁面后使用,以收缩毛孔,滋养皮肤。

　　护肤:油性肤质选用乳液状或水剂型护肤品,偏干者可选用油脂护肤品。

　　特别护理:从事野外作业或高温工作的男士,上班要戴好防风罩、护眼罩等防护用品,适当涂些皮肤保护剂,防止紫外线过度照射和尘埃侵染。

　　如做深层护理,还需做面部按摩和面膜,在此就不一一详述了。

避免日常护肤四大误区：

误区一：每天用香皂洗脸就可以了。

经常使用香皂洗脸会影响皮肤的酸碱度。当皮肤感到干燥或紧绷时，皮脂腺便会分泌大量的油脂，使面部出油的情况更严重。

误区二：痤疮可自生自灭或用手挤掉。

用手挤去粉刺，或是听之任之，就会使痤疮越藏越深，甚至留下凹凸不平的瘢痕。

误区三：男士也可用女士护肤品。

大部分男士的肤质都是趋向于油性，同时又缺水，应当选择比较清爽的男用护肤品。而女性的护肤品大多是滋润型的，所以并不适合男性。不要为了图方便使用妻子或女友的化妆品，以免适得其反。

误区四：防晒是为了保持脸白。

很多男人认为防晒会使自己像个小白脸，其实防晒并不等于保持脸部皮肤白皙。大家知道天空臭氧层裂开的黑洞越来越大，太阳紫外线对皮肤的杀伤力也越来越严重，这会加速皮肤的老化，夏天忽视日晒会使皮肤烧灼、潮红、脱皮、发痒及引起多种皮肤病，甚至发生皮肤癌变。所以，夏天防晒对男士同样重要。

（2）女士美容护理

日常基础护理是我们每天都必须履行的护肤步骤，若皮肤出现问题，每日还需进行加强保养。专业护理又称每周特殊护理，是指每周要进行磨砂、按摩、敷面等步骤，促进面部的血液循环，增加肌肤的弹性与光泽，供给肌肤水分和养分，让肌肤保持健康状况。无论是采取什么方式来保养皮肤，有三大基本原则要把握：洁肤、爽肤、润肤。在年轻的时候形成每日保养的习惯，就越能延长皮肤的理想状态，也能延迟皮肤老化现象的发生。

清洗时用水也要考虑，温水和热水都能溶解皮脂，松弛皮肤，扩张血管，开放汗腺口，促进代谢产物的排出，其去污作用较冷水强，所以油性皮肤的人宜用热水洗脸。但过多地采用热水洗脸又会使皮脂减少而使皮肤干燥。冷水能使血管收缩，汗腺口和毛孔闭合。如果交替用热水和冷水来洗，则可促进皮肤的血液循环，使代谢更旺盛，皮肤富有光泽和弹性。只有毛孔畅通了，皮肤才能更好地吸收护肤品，达到事半功倍的护肤效果哦！

洁肤　卸妆后，取洁面用品，用无名指以向上向外打圈的手法揉洗面部及颈部，清除尘垢、过剩油脂及化妆，除去表面老化细胞，促进新陈代谢，让肌肤清新、爽洁。洁肤是令肌肤美丽的第一步。但粗略的洁肤其实对皮肤是起不到什么作用的,比如:有些人只用清水胡乱洗一通或是把洗面奶倒在脸上乱揉一通,都是不能彻底的清洁皮肤,反而浪费洁肤品。正确的方法是:先将洁肤棉沾湿,搓揉起泡后,按摩面部,再用水冲净脸部。而除去泡沫后的洁肤棉能用来擦干脸部,并在擦干的同时,再度释放滋润成分来润滑皮肤。

市面上洁面用品的种类繁多,主要可分为洁面霜、洁面乳、洁面凝胶及最新的洁肤棉等。洁面霜:适合油性皮肤使用;洁面乳:适合干性皮肤使用;洁面凝胶:适合中性皮肤使用(使用时,挤适量于手上,配合清水,搓揉起泡后,清洁面部,再用水冲净);洁肤棉:适合敏感皮肤和受损皮肤使用。这是一种洁面新科技,其特殊的纤维织布能给予皮肤最完善且最温和的洁净,清洁脸部,除去老化角质、滋润与按摩并举。

当选择适合自己的洁面用品时,可依照是否有卸妆与清洁的双重需求、皮肤的类型,以及个人喜欢的洁面方式来选用不同的产品,在清洗中既不能对皮肤造成损伤,也应尽量不要影响到皮肤的正常生理功能。所要求的清洗材料既要温和,又不能有刺激性,而且也不能有过强的脱脂能力。

爽肤　清洁好了的皮肤,须及时补给吸湿性好的化妆品,使角质层保持充足的水分,增加皮肤的柔软性,使皮肤更滋润。爽肤水也称紧肤水、化妆水等。调理的目的是为了将洗净后略偏碱性的皮肤恢复其弱酸性,以保护皮肤免受细菌和外界的刺激。有些是为了清除洁肤后的剩余残留物,有些则是为了收紧皮肤,改善肤质,有些则是为了柔软皮肤,以帮助皮肤准备吸收其他保养品。

爽肤水分为两大类:①紧肤系列,可以稳定肌肤,平衡皮肤的酸碱性,有效平衡油脂分泌,收敛毛孔,有些含 5% 的酒精成分,各化妆品商家的品牌叫法不同,有些适合油性皮肤,有些适用于干性皮肤。②爽肤系列,稳定肌肤、平衡皮肤 pH 值、补充肌肤水分、软化肌肤,不含酒精成分,适合于干性肤、健康皮肤。

如果要根据皮肤的性质及需要达到的效果来决定购买哪一种产品的话,实在是太多了,一般不太容易分清楚。需掌握以下基本原则:油性皮肤使用紧肤收缩水;健康皮肤使用爽肤水;干性皮肤使用化妆水中的保湿水;混合皮肤,T 字部位使用收缩水,其他部位使用保湿水;敏感皮肤使用敏感水、修复水;要想美白使用美白化妆水。

化妆水的正确使用方法:用化妆棉蘸取爽肤水,在脸及颈部以向上向外手法轻拍,避开眼部,再次清除面部残留的污垢,补充水分,平衡皮肤的 pH值,帮助收缩毛孔。重复擦拭,直到化妆棉上没有污垢及残留化妆的痕迹为止。切忌把水直接倒在手上,然后直接在脸上拍打。因为手要吸收其中的一部分,这样就不能完全被面部皮肤吸收,其次就是因为手上有残留的细菌,这样也达不到再次清洁皮肤的功效。

润肤　基础保养的最后一步是润肤,之所以需要润肤,主要是因为皮肤需要适度的水分与油脂来维持其润滑、光泽的外观,而皮肤很容易受到外在环境、压力、老化等影响而失去其油、水平衡状态,而呈现干裂、粗糙、黯淡等现象,因此每日必须提供适量的水分和油脂给皮肤。而润肤品的种类也依其形态可分为润肤乳、润肤凝胶和润肤霜。可依照皮肤类型和所需要的功能来挑选适合自己的润肤品。

各类型皮肤的护理重点不同。中性皮肤应每日按照基础保养护理,但也要随时去注意皮肤状况的变化,调整并选择配合季节和环境变化的化妆品。油性皮肤由于过多的油脂容易引起皮肤的一些问题,因此需要保养清洁,挑选含油少的化妆品,并且着重去角质护理,避免老旧的角质细胞堵塞毛孔。干性皮肤的护理则应在洗脸后用滋润化妆水以补充水分,并且使用油分多及保湿性高的化妆品来补充不足的油脂和水分。混合性皮肤则依照不同部位的不同需求来加以护理,可以选择滋润性化妆水补充干燥部位的水分,然后使用润肤品来润肤。至于使用的量可依照干燥程度不同而调整,也就是较油的部位使用量可减少,或用含油少的润肤品,而两颊干燥的可稍多,或用滋润程度高的保养品。

润肤品正确使用的方法是:将润肤品抹于额、鼻头、两颊、下颚及颈部,以向上向外打圈的手法轻轻抹匀,为肌肤补充必要的水分与养分,令肌肤柔润而有弹性。

(3) 儿童美容护理

正确选择儿童护肤品　肌肤呵护重要的一环是洗涤和沐浴,不同的沐浴用品所强调的配方也不同,但这些配方都很温和、自然,能很好地保护嫩皮肤。

目前主要以沐浴精、沐浴乳、酵素、香皂为主要选择,它们是专门针对婴幼儿设计的产品,能较好地保护肌肤。给婴幼儿购买清洁沐浴用品时,不妨根据个人喜好。但首先要了解市面上琳琅满目的产品中,哪些产品最符合需求。不同年龄的婴幼儿对沐浴用品的需求是不同的,刚出生不久的新生儿活动量少,只需稍微清洁即可;等到了大一点,活动量稍大之后,加上流汗、空气污染等因素,就要选择清洁效果较强的沐浴用品了。

选购沐浴用品应注意:首先是厂商的信誉,一般而言,选择牌子老、口碑好的沐浴用品比较保险。事先询问一下有经验的长辈、亲友,从他们的推荐中可以找出可信赖的品牌。其次要注意包装完整度,选购沐浴用品之前,要仔细看看产品的包装是否完整,有无破损变质。因为婴儿的肌肤与大人有所不同,千万不可以用大人的护肤用品代替给婴儿进行清洁工作,以免刺激婴儿的皮肤。所以,选购婴儿护肤用品时,一定要认明"专为婴儿"设计等字样的产品,因为此类产品是专门针对婴儿皮肤进行过测试的,质量有保障。

温水漱口刷牙　冬日用35℃左右的温水漱口,对口腔、牙齿、咽喉都有保护作用,还利于清除口腔里的细菌和食物残渣,使人产生一种清爽、舒服的感觉。

热水洗脚　脚远离心脏,皮下脂肪薄,加上冬天寒冷,足部容易血液供应不足和血流不畅,引起"寒从脚下生",诱发呼吸道感染和冻疮等疾病。如果每天晚上睡觉前用热水洗脚(见图10)。能有效促进足部的血液循环,增加下肢的营养供应。这样既干净卫生,又利于防病。同时,热水对大脑皮层也是一种良好的刺激,有利于促进睡眠。

图10　温水洗脚

洗脚水温应在40～50℃左右,以舒适为宜。

冷水洗脸　冷水洗脸可使面部和鼻腔的血管收缩,冷刺激消失后,这些血管又会反射性地充血扩张。这一张一弛,能促进面部血液循环,大大提高皮肤对寒冷的适应性,对预防呼吸道疾病有一定作用。另外,还能增强皮肤的弹性,使皮肤光泽润滑。同时,冷水洗脸能使大脑神经产生较强的兴奋,使人头脑更清醒,精神振奋。但要注意洗脸用的冷水温度也不能太低,以高于10℃为宜。

4. 居家洗涤修饰

(1) 洗涤宜分门别类

有些人在洗衣服时,为节水,通常是先洗内衣裤,然后洗外衣,再洗袜子等杂物,一盆水洗到底,又脏又黑。这样虽然保证了部分衣服的洁净,可是最后洗的衣服污染很严重。特别是袜子和女性的内衣裤混洗危害更大,会引起女性阴部疾病。

有些人为图方便省事,把所有换下的衣物集中放进洗衣机里一起洗,在洗衣机搅拌、摩擦的过程里,衣物上的细菌、颜色、脱落的纤维,不可避免地相互污染。拿到干洗店洗的衣物更复杂,有健康人的,病人的,或许还有传染病病人的。有的不良商家为获利而偷工减料,省去消毒处理工艺,也会导致疾病传染。

有些人家的洗衣机从不清洗,只要转得动就一直洗,排水处的内壁积满了污垢,滋生不少病毒、细菌。洗衣过程里这些污物和细菌就会沾染到衣服上。

不少人认为衣服太脏,或是认为洗涤剂便宜,往往过量使用洗涤剂,然而漂洗时间不够,衣服上常常残留洗涤剂。洗涤剂大多都是烷基苯类化合物,对皮肤有一定的刺激性,还会影响肝脏功能。干洗使用的洗涤剂多是四氯乙烯、汽油等,对人体健康亦有害。按正常规定,干洗后的衣服要经过一段时间晾晒,等这些化学洗涤剂挥发掉之后才能穿。

以上这些您是否经常犯呢?那么,怎样才是正确的洗衣方法?为防止洗衣过程中的交叉污染损害人体健康,每个人的衣服最好单独洗,至少应把小孩、大人的衣物分开洗;健康者、病者的衣服分开洗;内衣、外衣分开洗;不太脏的衣服与太脏的衣服分开洗;乳罩、内衣裤、袜子最好单独用手洗。从颜色上来分类洗涤,首要的是将深色或鲜艳衣服挑出,这类衣服有掉色的可能性,如果将它们与浅色的衣服混洗,会出现染色的现象。从厚薄上来分类洗涤,丝织物、轻薄网状织物、内衣、袜子、针织品或易变形的服装应手洗,可以避免损伤,最好不要用机洗。从纤维原料上来分类洗涤,含毛绒或特殊布料容易引起变形,所以应该挑出来干洗,不适宜水洗。洗衣时不要放太多洗涤剂,要多漂洗几次,特别是内衣裤更应这样;干洗的衣服拿回来要充分晾晒,等化学洗涤剂完全挥发后再穿;洗衣机应常清洗和消毒。

(2) 各种常见面料衣物的洗涤方法

棉织物　棉织物的耐碱性强,不耐酸,抗高温性好,可用各种肥皂或洗涤剂洗涤。洗涤前,可放在水中浸泡几分钟,但不宜过久,以免颜色受到破坏。贴身内衣不可用热水浸泡,以免使汗渍中的蛋白质凝固而黏附在服装上,从而出现黄色斑。采用服装洗涤剂时,最佳水温为40~50℃。漂洗时,可掌握"少量多次"的办法,即每次清水冲洗不一定用许多水,但要多洗几次。每次冲洗完后应拧干,再进行第二次冲洗,以提高洗涤效率。应在通风阴凉处晾晒衣服,避免在强烈日光下暴晒,使有色织物褪色。

麻纤维织物　麻纤维刚硬,抱合力差。洗涤时,用力要比棉织物轻些,切忌使用硬毛刷刷洗及用力揉搓,以免布料起毛。洗后不可用力拧绞,有色织物不要用热水泡,不宜在强烈阳光下曝晒,以免褪色。

丝绸织物　洗涤前,将衣物在水中浸泡10分钟左右,浸泡时间不宜过长。忌用碱水洗,可选用中性肥皂、洗衣粉或中性洗涤剂。洗涤液以微温或室温为好。洗涤完毕,轻轻压挤水分,切忌拧绞。应在阴凉通风处晾干,不宜在强烈阳光下曝晒,更不宜烘干。

羊毛织物　羊毛不耐碱,因此要用中性洗涤剂进行洗涤。羊毛织物在30℃以上的水溶液中要收缩变形,因此洗涤水温不宜超过40℃。通常用温水(25℃)配制洗涤溶液。洗涤时切忌用搓板搓洗,即使用洗衣机洗涤,应该"轻柔洗",洗涤时间不宜过长,以防止缩水。洗涤后不要拧绞,用手挤压除去水分,然后沥干。用洗衣机脱水时以半分钟为宜。应在阴凉通风处晾晒,不要在强烈日光下曝晒,以防止织物失去光泽和弹性以及引起织物强度的下降。

毛衣穿久了,有些部位会磨得发亮,可用醋、水各半混合液在发亮部位喷洒一下,再洗涤,就可恢复原样。白色毛衣穿旧了会逐渐发黄,如果将毛衣清洗后放入冰箱冷冻1小时,再取出晾干,即可洁白如新。

粘胶纤维织物　粘胶纤维缩水率大,湿强度低,水洗时要随洗随浸,不可长时间浸泡。粘胶纤维织物遇水会发硬,洗涤时要"轻柔洗",以免起毛或裂口。用中性洗涤剂或低碱性洗涤剂,洗涤液的温度不能超过45℃。洗后,把衣服叠起来,大把地挤掉水分,切忌拧绞。洗后忌曝晒,应在阴凉通风处晾干。

涤纶织物　先用冷水浸泡15分钟,然后用一般合成洗涤剂洗涤,洗涤液的温度不宜超过45℃。领口、袖口等较脏部位可用毛刷刷洗。洗后,漂洗净,可轻拧绞,置阴凉通风处晾干,不可曝晒,不宜烘干,以免受热后起皱。

腈纶织物　基本与涤纶织物洗涤相似。先在温水中浸泡15分钟,然后用低碱性洗涤剂洗涤,要轻揉、轻搓。厚织物用软毛刷洗刷,最后脱水或轻轻拧干水分。纯腈纶织物可晾晒,但混纺织物应放在阴凉处晾干。

锦纶织物　先在冷水中浸泡15分钟,然后用一般洗涤剂洗涤(含碱大小不论)。洗涤液的温度不宜超过45℃。洗后通风阴干,勿暴晒。

维纶织物　先用温水浸泡一下,然后用温水进行洗涤。洗涤剂为一般洗衣粉即可。切忌用热开水,以免使维纶纤维膨胀和变硬,甚至变形。洗后晾干,避免日晒。

羽绒护理　羽毛绒较脆,水洗过程中容易损伤,势必会降低毛绒蓬松度,影响羽毛绒保暖性能,因此,羽绒制品应尽量避免直接水洗。为了既方便使用又较经济,尽量购买把羽毛绒做成内芯,外面装配套子的产品,如脱卸式羽绒衣、羽绒被配被套、羽绒枕芯配枕套等,这样只需经常拆洗套子就行了。对于不能脱卸、外面又不能配套子的羽绒制品,如羽绒衣,价值在中高档的,最好的清洗方法是采用干洗。

对于价值较低廉的羽绒制品,可采用直接水洗。清洗时,较脏处如衣领、袖口等处最好先用手搓干净,然后放入有洗涤剂的水中浸泡半个小时,再在洗衣机中洗涤。当然全用手工轻轻搓洗更好,但较费力。用洗衣机洗涤时,洗涤选用弱挡,洗涤剂宜用中性的,漂洗数次至干净,洗衣机脱水时间不宜过长,2～3分钟便可。最好平摊晾干,晾干至六七成时,用手轻轻拍打一次,使羽绒毛分布均匀,然后再晒至蓬松干透,切忌暴晒。

(3) 衣物的晾晒

由不同质料裁制而成的衣物,如果在晒晾及熨压时都各遵其法,衣物将可十年如一日般光洁亮丽。

衣物脱水后要马上晾起来　衣物脱水后必须马上晾起来,如果在脱水槽中摆上几个小时,干了之后一定是皱巴巴的,给熨衣服增加难度。当无法马上晾衣时,至少要先将衣物摊开放置。此外,脱水后如果已搁置太久,请不要直接拿出来晾,要重新注水、脱水后再晾才不会皱。

防白色衣物变黄的晾晒方法　白色棉、麻类等衣物,晒干后需立即收起来。这是为了避免经过一天太阳的照射后,洗衣剂中的荧光染料吸收了大量阳光,使衣服变黄。

丝质衣物的晾晒技巧　不宜拧干水分及用脱水机脱水,宜用毛巾包住衣物挤出水分,再将衣物反面挂于阴凉处晾干。注意丝绸在阳光下曝晒会脆化变黄,故不宜受阳光直接照射。

使毛衣不变形的晒法　毛衣洗好后以衣架挂起晾晒,由于其中吸收了大量水分,往往晒干后毛衣变得很长。要避免毛衣变形,应该将毛衣平铺晾在有空格的木板或塑胶板上。

皮革衣物的晾晒窍门　清洗过后或被雨淋湿的皮衣,不能直接暴露于阳光之下晒干,而应以毛巾将水分吸干,再于水渍处均匀地涂上甘油或凡士林,再挂在衣架上,置于温暖的室内待其慢慢晾干。当衬里清洁后,则应把衬里翻出,挂于阴凉处晾干。

枕头的晾晒　睡觉时,枕头处是被褥里污浊气息通过的"咽喉要道",加之睡觉时,呼出的不纯净空气大量渗入,以及头皮分泌的汗渍、污垢浸染,枕头成为"脏乱差"的典型。仅靠清洗外部的枕巾和枕套,只能是"治标不治本",枕芯内的污秽气息不能除掉,还是会影响人们的健康。

所以枕头不仅要经常清洗枕巾和枕套,最重要的是要经常将枕芯拿到太阳下曝晒消毒,有条件的家庭可经常换枕芯,以加强健康保障。

(4) 衣物的烫熨

毛衣皱褶抚平技法　毛衣、针织质料这一类的衣服,如果直接用熨斗去烫会破坏组织的弹性,这时候,最好用蒸汽熨斗喷水在皱褶处。如果皱得不是很厉害,也可以挂起来直接喷水在皱褶处,待其干后就会自然平整。

另外,可挂在浴室中,利用洗澡的热蒸汽使其平顺。针织衣物易变形,不宜重重地压着熨烫,只要轻轻按便可。

天鹅绒的熨烫技巧　天鹅绒的长毛布料,处理时以不伤害其原有性质为原则。因此将其里面翻出当成表面,将毛和毛相互重叠当作熨垫,然后由内侧用蒸汽熨斗熨过,便能使它的特殊性质更加显现出来。

毛绒类服装熨烫技巧　毛绒类服装面料主要是灯芯绒、平绒等。熨烫时,必须把含水量在80%～90%的湿布盖在衣料的正面,把熨斗温度调至200～230℃,直接在湿布上熨烫,待湿布熨到含水量为10%～20%时,把湿布揭去,用毛刷把绒毛刷顺。

然后把熨斗温度降低到185～200℃之间,直接在衣料反面熨烫,把衣料熨干。熨烫时要注意熨斗走向要均匀,不能用力过重,以免熨出亮光。

如何熨去羽绒服装的皱褶　羽绒服装不宜用电熨斗熨,出现皱褶时,可用一只大号的搪瓷茶缸,盛满开水,在羽绒服上垫上一块湿布再熨,这样做不会损伤面料,还能避免衣服表面出现难看的光痕。

套装蒸汽蒸烫技法　毛料衣物穿过后的压痕,通常很难恢复,主要是因为其中的纯毛毛料倾倒之故,热蒸汽可使衣物复原。

把蒸汽熨斗半悬在离毛料衣料约1厘米的高度,毛料纤维吸足了热蒸汽,便会重新"站起来"。压纹除去后,若想使衣物更美观,记得要把温度调回中温,并且加盖一块衬布来蒸烫。

皮革服装的熨烫窍门　皮革服装起皱,熨时温度不可过高,宜掌握在80℃以内。熨时要用清洁的薄棉布做衬熨布,然后不停地来回均匀移动熨斗。用力要轻,并防止熨斗直接接触皮革,烫损皮革。

绒面皮服装的熨烫窍门　经清洗去污的绒面皮服装，要进行定型熨烫。对于水洗后的绒面皮服装，由于遇水后抽缩的原因使皮板发紧，可用硬毛刷将衣服全身刷一遍，这样就会使衣服变软，然后再进行熨烫。

变形裤的熨烫　裤子穿的时间长了，膝盖部位常会被顶起一个大鼓包来，对于这种已经变形的裤子，最好使用电蒸汽熨斗，要先熨裤子的后半部。熨时先用手把裤子的后半部拉直，伸开褶皱后熨，直至裤子的后半部恢复自然状态。然后再熨裤子的前半部分。

熨烫时，因前半部的膝盖部分已有鼓包，如果将裤子拉直，前半部会起皱。这时应先从裤子的上部和下部熨起，熨斗先轻轻放在裤子上，按动蒸汽开关，使已起皱的部位在熨斗的热力下自然回缩。

同样方法作用于膝盖部位，当大鼓包变成小鼓包后，继续采用以上办法，如此反复，即可全部恢复原状，最后再把整个裤子熨烫一遍。

百褶裙熨烫的秘诀

熨烫百褶裙非常麻烦，应在熨烫时将裙子穿在熨台上，让裙子前后不会重叠，如此裙子就不会烫到另一边。另外，将熨台稍稍倾斜是熨得漂亮的秘诀。

如何烫去西装上的"亮光"　较深色的西装，穿用一段时期后，常会在肘部、膝盖、臀部等地方呈现发光现象，冬天更甚。要用一盆温水加入少量洗涤剂，用毛巾蘸湿揩拭发光部位，再垫上一层布，用熨斗熨烫一下，发光现象会自然消失。

熨烫衬衫的顺序　烫衬衫时，要从袖子开始，再依序烫：领子、垫肩、背后、前襟。先喷湿，再用手指将衣服上的花边、袖口、领口等缝线处捋一捋，并将衣服上下拉扯展平，使衣服顺着布纹及缝线保持样式。

（5）合理选用洗涤用品

目前市场上的洗洁精、洗衣粉品牌众多，种类琳琅满目，为了保护人类生存环境，尽可能选择无磷洗涤剂，以促进洗涤剂工业朝无污染方向发展。

各种洗涤用品的特点　洗衣皂就是我们平常所说的肥皂，洗衣皂包括普通肥皂、半透明皂、复合肥皂、增白皂等。半透明皂的干皂含量比普通肥皂高，碱性低，泡沫丰富，去污力强，比较柔和；复合皂加入了钙皂分散剂和一些合成洗涤剂，抗硬水能力强，增强了抗污垢再沉积性；增白皂中加有增白剂等助洗剂。

洗衣粉是一种碱性的合成洗涤剂，适用于机洗和洗涤较厚重的衣物。洗衣粉中添加的物质多，化学作用更明显，洗出的衣服也更干净，但消费者在使用洗衣粉时应走出"洗衣粉用得越多，衣服洗得越干净"的误区，应按照

居家生活好习惯

自身的实际需要和相关说明来进行选择和使用。购买洗衣粉时尽量选功能简单、添加成分少、气味淡的;洗衣粉保存时也应尽量放在瓶子或罐子里,这样可避免洗衣粉结块,影响洗衣粉的质量。

皂粉是近年来新出的一种粉状洗涤用品,外表与洗衣粉并无区别,不过性质温和,非常适合洗涤内衣和儿童服装,而且清洗方便、省水。

洗衣液是近两三年才大规模进入各大超市的,根据功能不同,分为通用型洗衣液、毛料洗衣液、丝织品洗衣液和内衣洗衣液等。据介绍,洗衣液的去污效果不错,对皮肤的刺激小,洗出来的衣服更加柔软,更重要的是它性质温和,手洗、机洗都适合,不伤及皮肤。

洗手液一般要求无磷、铝、碱、烷基苯磺酸钠等成分,采用温和去污原理,对皮肤无刺激性,并要有一定的护肤作用。洗手液分为两大类:普通洗手液和消毒洗手液。前者只有清洁去污的作用,后者才含有抗菌、抑菌或杀菌的有效成分。两者可以从外包装上加以辨认,普通洗手液一般为"准字号",消毒洗手液则多为"消字号"。

沐浴液中表面活性剂占 15%～35%,还添加了一些助洗剂,包括磷酸盐、碳酸盐、香精、酶、泡沫促进剂、泡沫稳定剂。质量优良的浴液泡沫丰富稳定、性质温和、不刺激皮肤和眼睛。与肥皂相比,浴液脱脂力较弱,但大部分的浴液都是碱性的,而人的皮肤是中性偏酸的。洗浴用品在去掉污物的同时,也带走了正常的皮脂,因此如果皮肤不是太油的话,最好选择中性的浴液。使用过程中,应尽量减少浴液在身体上停留的时间,尽快将泡沫冲洗干净。

洗洁精主要是由各种表面活性剂、无机盐助剂、增溶剂、香精等组成。在购买洗洁精时,可查看该洗洁精是否有沉淀物、分层现象,是否有异常刺激性异味。一般来讲,合格产品的颜色是清澈透明的,洗涤效果良好。

认真查看包装　建议在选购洗涤用品时要养成看包装的习惯。一看包装是否完好,尤其是洗衣粉的包装是否密封,洗洁精的瓶子有没有溢漏。二看包装的印刷质量是否良好,特别是彩色图案,假冒的往往比较模糊,色彩有异。三看产品性能标识是否符合、满足自己的需要,以免买到不适合的产品影响实际使用效果。四看生产日期的标注,过期产品会严重影响其功效的发挥。一般洗衣粉的生产日期印在包装封口上,洗洁精的生产日期印在瓶底或瓶颈,且正规企业标注的日期清楚,不易擦掉。

正确使用,注重环保　选择无毒,去污力强,pH 值接近皮肤酸值上限(皮肤酸碱度是 pH:4.5～6.5),对皮肤无损害、无刺激,使用方便的洗涤剂。少选或不选碱性洗涤剂,此类洗涤剂虽然具有较好的去污效果,但会使皮脂过多流失,造成表皮粗糙,角质层受破坏,使细菌易于侵入。如果要用,选弱碱性者为好。在使用洗涤用品时最好遵照产品的使用说明。留意普通洗衣粉和浓缩洗衣粉用量的不同、适用范围的不同；留意水温的高低会影响加酶洗衣粉的洗涤效果。同时，应有环保意识，最好用无磷洗衣粉以避免对水质的污染。

花卉与家居健康

1. 花卉利于身心健康

在现代都市生活中,人们很钟情于用花卉植物来装饰美化家居环境,如几枝青翠的绿叶就能打破室内沉寂而单调的氛围,若再配上艳丽的花朵,便能营造出浪漫情调的空间。这样,当结束紧张工作回到家里,虽置身于冰冷砖瓦之间、四面墙壁之中,但馨香沁人的花朵令人陶醉,扑面的青翠绿叶使人生机盎然,给人们融入自然的意境,顿感疲乏消除,心情轻松愉快。因为花卉是大自然的精华,是美的象征,没有什么装饰物能比花草的点缀,更能令我们的家居富有生命的气息。日常生活所及的居室建筑、用具器物等都呆板而无生命,只有萌芽长叶、花开花落的绿色植物最能展现出活泼的生气。另外,在对花草的拾掇、欣赏和使用过程中,不但给居家生活带来情趣,满足人们进入自然环境的心理和审美需求,还通过花卉植物调节和改善了室内空气质量而有益于人体家居身心健康。随着居住条件的改善,大部分城市居民的住房都由卧室、书房、门厅、厨房、卫生间、阳台等部分组成,这为摆放各种花草装饰我们的家提供了充足的空间。那么,家居栽花种草究竟与居住环境有什么关系,又会给人们身心健康带来怎样的好处呢?

(1) 花卉是居室的天然"空调"

绿色植物具有调节和改善室内微小气候的作用,故各种花卉植物已成为现代家居装饰的重要手段。大多数绿色植物在生长过程中进行光合作用时,一般吸入二氧化碳,释放出氧气,故花卉植物可以增加空气中氧的含量,使室内的空气清新自然,居家微小环境空气质量得以改善提高。花卉植物的叶面还可蒸发出水分,对室内空气有增湿作用,这对气候干燥的北方或密闭空调房间内微小气候的调节尤为重要。另外,花卉植物还可以吸收它周围环境中的热量,在夏季就能起到一定调节降温效果。因此,在家居环境中合理而适度地摆放或栽种一些绿色植物,可以改变居室环境的微小气候,而使居室更加舒适宜人,从而提高生活质量和品味,有利于人体家居心身健康。

（2）花卉是居家健康的"卫士"

据研究证实,许多花卉植物能吸附有毒有害气体、灰尘、悬浮颗粒物、病菌、放射性物质等多种有损健康的污染物质,因此可以通过适度合理的花卉植物来净化清洁居室空气,给人体居家身心健康带来益处。如茶花、米兰、仙客来、鸢尾、紫罗兰、晚香玉、石竹、菖蒲等可吸收空气中毒性很强的二氧化硫气体,并经过氧化作用将其转化为硫酸盐等低毒或无毒物质;虎耳草、水仙、紫茉莉、鸡冠花、菊花等能将氮氧化物吸收后转化为植物细胞蛋白质以减少空气污染;吊兰、芦荟、石榴树、虎尾兰等能吸收甲醛等有害有毒气体;常青藤、月季等可清除室内三氯乙烯、苯等有害有毒气体;无花果、芦荟、蓬莱蕉等能吸纳滞留于空气中的灰尘和悬浮颗粒物;吊兰、杜鹃、鸡冠花等植物还能吸收铀、氡等放射性物质。天门冬、大戟、天竺葵、金银花、牵牛花等植物有抑制或杀灭结核、痢疾、伤寒、白喉等多种病菌作用,使室内空气清洁卫生而减少人们感染发病机会。因此,在居室适度摆放花卉植物,有助于营造良好生态环境,提高居家舒适度,从而有利于家居身心健康。

（3）花卉是快乐生活"添加素"

居家种花养草,通过施肥、浇水、治虫、移植、换盆等休闲劳动,既能活动人的肢体筋骨,还可培养人的艺术修养,陶冶人的情操,增加社交活动和丰富知识,也有利于开展精神文明活动,建立和谐社会。譬如要养好兰花,常常为一个喜爱的兰花品种查阅相关资料,八方搜寻考证,或邀请朋友观赏评鉴等,在这一过程中既享受到快乐,增进了社交和友谊,又开阔了视野,获得了知识与启迪,使情感有所寄托,充分享受美好生活,欢度幸福时光。花卉植物不但构成家居生活舒适的物质空间,还为心理卫生和健康人格的形成提供了良好的环境,各种花卉植物具有不同的审美情趣,可带给人们积极向上的情感体验和美的享受。当我们置身于花卉植物中,或使人体心神宁静,闲适安全以利消除疲劳,恢复体力,或让人精神振奋,情绪饱满以助于运动锻炼,或激发出灵感而提高思维创作效率等。良好的环境条件是酝酿产生健康心理情绪的重要基础,很难想象当你下班或放学回到一个空气混浊，死气沉沉的房间里时会有好心情。所以，家居栽种摆放花卉，不仅有净化空气和美化环境等追求物质文明的目的，还可以影响人的心理活动而促进精神文明建设，产生健康向上的心理体验和情绪，从而有助人体居家心身健康。

（4）花卉是延年益寿的"助推剂"

家居绿化通过栽花种草，浇水松土，施肥捉虫，剪枝修叶等拾掇劳动，人们不仅于芬芳中体验温馨，增添生活情趣，品尝其中快乐，还通过锻炼四肢筋骨关节提高机体活动能力，使全身经脉舒通，气血流畅，促进血液循环而增强机体抗病力；在栽养品尝花卉过程中，还可减轻工作压力、松弛精神紧张，或消除焦虑和忧郁，从而全面促进人体心身健康。据测定，花草绿色在人的视野中达 25％，就能消除学习、工作产生的眼睛视生理疲劳。老人经常从事栽花种草园艺劳动能起到延缓和阻止钙质过快丢失的作用，使肌肉关节灵活，令骨骼强壮，以减少老年人常见的骨质疏松性骨折、肌肉关节疼痛等。另外，由于花卉生长环境空气中各种致癌污染物被大量吸纳，空气得到天然净化而负氧离子增多，人在经常摆花弄草过程中自然就能呼吸大量含负氧离子的清新空气，大脑和内脏组织也能获得更充足的氧气，使机体神经系统功能协调性及免疫力得到提高。同时在花卉娇美的形态，鲜嫩的颜色和勃勃生机中感受清静芬芳，令心情愉快而轻松，生命活力明显增强。所以有"养花者寿"之说。

爱好种花草不仅可使人癌症的患病率降低，也给癌症患者提供了康复的条件。这些好处已被医学界所认同，还将其称之为"园艺疗法"。有医生已将培养病人种花养草的兴趣作为一种有效的治疗手段和方法。据观察研究，悠然自得的栽种和品尝花卉活动，对于高血压、动脉硬化、心脏病、神经性头痛、消化道溃疡等疾病都有一定辅助治疗作用。国外有许多医院在对病人进行治疗的同时，还给他们开出种花养草的医嘱。医生们发现，有栽种和品尝花卉兴趣爱好的病人与没有此爱好的病人，前者比后者康复得快。

所以，绿色植物不仅有观赏功用，可柔化居室内外建筑材料单调生硬的平面线条，令人精神放松、心情舒畅，以满足人们家居快乐休闲的要求；在培植养护花卉的操作中还使人潜移默化地接受了文化、技能的熏陶，提高了文化素养，培养了良好的个性而使心灵得到净化。同时，花卉植物所营造的良好生态家居环境，也给人们心身健康带来积极促进作用。因此，花卉植物装饰家居，美化环境已成为人们家居生活的基本需求。

2. 家居绿化宜忌

随着社会的经济发展和人们生活水平的提高,都市人口家居生活的时间越来越多,一般都喜欢摆放盆栽植物,或瓶插鲜切花卉来点缀居室,追求优雅的家庭氛围,享受温馨的生活乐趣,以提高生活品味,并促进人体心身健康。但人的身体情况和居住环境各异,所适宜的花卉品种及其栽种环境条件也不同,若只图自己个人视觉喜好来挑选花草,或一味看重花卉植物美化家居,增强生活舒适性的一面,而忽略了由此引起的绿化卫生、环境污染等问题及某些植物给身心健康带来的负面影响,就会得不偿失。那么,为了合理适宜地摆放、瓶插或栽种花卉来美化家居,又避免因此给人体身心健康带来不利影响,在绿化家居时我们应该怎样选择花卉品种,又应注意哪些宜忌呢?

(1) 根据环境选择花卉

都市人家栽种花卉的常用之地,不外乎底楼的小庭院、屋顶的花园、楼房的阳台,这3种地方环境不同(见图11),其接受光照、雨水、雾露及微小气候等条件都有差异,它们分别应栽种什么花卉才能令其枝繁叶茂,四季葱郁而使家居充满生机,达到美化效果呢?

庭院花卉选择　底楼小庭院是家居栽种花卉的最佳场所。若庭院位置朝南向阳,日照充足,宜栽种性喜阳光、偏爱温暖的花卉,如桂花、天竺桂、玉兰花、紫薇等。若其朝北向阴,光照较少,宜栽种喜阴耐寒的花卉,如杜鹃、栀子、茶花、苦丁茶等。另外,底楼庭院有条件可造一水池,内置假山,搭配一些四季常绿的观叶植物,如巴西铁、一叶兰、龟背竹、棕竹等,周边还可种些藤蔓攀爬植物如金银花、七里香等,形成树影婆娑,枝叶扶疏而四季常青的立体绿化,这样不仅家居氛围悠然雅致,更使其显得生机盎然,生态环境

图 11　花卉选择

优良,给居家身心健康提供有力保障。

阳台花卉选择　阳台是现在用花卉植物美化家居较为常见的地方,根据阳台不同朝向,其光照有强有弱,接受自然雨水雾露多少不一,且多用盆栽而土层较薄,所以阳台上适宜栽种矮小、生命力较强且易活的花卉,如米兰、袖珍椰子、金橘、春芋、棕竹、文竹等品种。若阳台朝向东南面,日照特别强烈,则可选栽性喜阳光的天竺、苏铁、石榴、桔梗等植物。另外,阳台还常作为室内盆栽花卉的养护场所,一般摆放在室内的花卉1～2个月应移出房间放置于阳台,令其接受自然阳光雨露一段时间,待生长恢复到枝繁叶茂,生机盎然后再移进屋内摆放,以提高居室绿化的功能和美化环境的效果。

屋顶花卉选择　建立屋顶花园首先要考虑屋面的承载性,应选择较轻质的土壤,常用如炭灰、锯木面一类经发酵后再拌上泥土而成。另外,由于楼顶风力一般较大,其花园土壤厚度也有限,所以不宜栽种高大乔木。屋顶花园日照、雨水皆充沛,其绿化工程可架空设亭,再选种上洒金白、七里香等藤蔓类植物令其攀爬,内设休憩亭廊等活动空间,周边选种紫薇、黄角兰、腊梅、桂花等,辅以摆放盆栽米兰、茶花、石榴、杜鹃、兰花等花卉,让花园绿化富有立体和层次感,不仅使其成为上等休闲纳凉、待客品茶的场所,也有利于居家健康,还美化了城市建筑俯视景观。

适应四季更迭选择花卉　为在家居生活中更好地感受自然气息,可按四季更替分别摆放不同盆花,使其居室绿化效果富于变化而又重点突出。如春天多以观花为主、辅以观叶,宜用春兰、蝴蝶兰、仙客来等品种,使室内花盛开得烂漫而春意盎然;夏季常以观叶为主、辅以观花,宜用水竹、荷花、文竹、彩叶芋等茎挺叶翠的花卉品种,若再配以山水盆景,还会给居室点缀出素淡清隽的调适气候;秋天观赏花蕾与果实并重,宜以玉竹、虎刺、火棘等品种,其花后果实累累红如珊瑚,令居室妙趣横生;寒冬时节多以树桩盆景为主,宜用梅花、六月雪、金橘等枯朽树桩,辅以部分枝叶花果,营造出闲适苍劲的生态氛围。这样就呈现出舒适而又不乏品味且让人情牵意连的居室生态环境,从而给家居身心健康带来良好影响。

花卉品种当与日照采光相应 家居绿化应当根据房屋具体朝向选择相应的品种。如房间朝南向阳而日照充足,可摆放一些喜阳光温暖的观花、观果类植物品种,如望鹤兰、玫瑰、米兰、石榴、月季等,使植物生长繁茂而达到良好的美化效果。而房间背阳向阴日照偏少或采光不良,则可选择耐阴的以观叶为主的植物品种,如一叶兰、富贵竹、吊兰、常春藤、小椰树等。忌将喜阳赖光植物长期摆放在背阴少光的房间,否则花卉植物将很快枯萎凋零。

花卉高矮应与空间大小相称 家居绿化还应当根据房屋空间大小选择相应的品种。如空间较大的客厅可选用植株高大、叶片宽阔的如散尾葵、春芋、龟背竹等品种,以显出富丽吉庆的家居氛围。若大房间里摆放矮小花卉则不相协调使美化效果较差。而房屋层高较低或者面积较小则宜选择植株矮小、叶片纤细的,如文竹、小椰树、仙人球、芦荟等品种,以营造出小巧玲珑、精致幽雅的家居气氛,又可避免因小房间产生的局促感。应当强调一点,室内花卉绿化只起点缀作用,不能将居室当花房,切忌一味求多。否则,不但有植物与人"争氧"的弊端,也给人们造成喧宾夺主而凌乱繁杂感受。因此,居室空间愈小,花卉种类和数量应愈少。客厅摆放花卉一般不超过3~4盆为宜,书房等以1~2盆为宜,而餐厅、厨卫等房间则以1盆为宜。

家居花卉摆放要使其既与周围家具用品环境协调,又不挤占过多室内活动空间,以免给日常起居生活带来不便,更要防止因花卉摆放位置不当而发生碰撞跌倒等意外事故。所以,植株高大的花卉应尽量沿墙、近角或利用家具的空隙摆放;植株矮小的花卉可放置在花架、茶几、书桌或窗台上;有条件的大户型也可将几盆花卉集中搭配摆放,以装饰成窗台花园或室内花园,使家居花团锦簇、春意盎然;若房间狭小则可采取不占地面的垂吊植物,如将一盆吊兰、常春藤等悬挂在窗口或摆放书橱顶端,也可使居室陡然生动而克服单调生硬感。

花卉色彩要与居室协调 家居花卉摆放品种的色彩还应当与居室协调相应。深色调、大房间可选择色彩艳丽一些的品种,如牡丹、大丽花、玫瑰、郁金香等类,也可用大号花瓶插上艳丽鲜花,以营造出热情温暖、丰富多彩的家庭生活氛围;浅色调、小房间只宜点缀一两盆清淡素雅的,如兰花、文竹、君子兰等品种,既增添居室生机、映衬出温馨和谐的家庭氛围,又避免产生零乱狭窄的感觉。

> **· 小 贴 士 ·**
>
> 　　花卉要依赖阳光雨露才能正常生长存活,且盆栽花卉对室内环境的适应性也有限度。因此,绝大多数植物在室内长时间不见雨露阳光都会叶蔫枝萎而生机渐失。所以,最好隔段时间即将室内盆栽花卉移出室外或阳台养护。若有条件每晚将盆花搬出室外,则更能使其生机勃发而枝繁叶茂,又避免了多数植物晚上向室内散发二氧化碳的弊病,这样一举两得既提高居室生态美化效果,又有助于人体居家健康。

(2) 适应需要选择花卉

　　现代研究认为,植物气味和花香由多种芳香族酯类、醇类、醛类、酮类和萜烯类等挥发性化合物质组成,这些不同特性的芳香化合物质分别对人的居家健康有不同的影响,如有些物质对人体精神情绪及生理生化活动产生一定促进或者抑制作用;有些物质对居室空气中的微生物具有一定杀抑效果。所以当植物气味和花香被人体吸入或接触,或散逸在居室环境空气中,就会给人体身心健康带来各种影响。既然花卉存在着这种对人体健康及居家环境产生影响的生物学特性,那么,我们在家居绿化尤其是室内盆栽或瓶插花卉时,就应趋利避害,根据自己身体的实际情况和居家具体需要,有针对性地选择植物品种,使其对人体和环境有利的作用积少成多,产生累积效应,从而达到有益于人体身心健康的目的。如此,既装饰美化了家居而营造出良好生态环境,又兴利除弊,防止了植物给人体心身健康带来的负面影响。

　　人体心情紧张,或精神郁闷,或烦躁不寐时,可选择摆放柠檬、薄荷、天竺葵、桔梗等植物,以缓解紧张或消除烦躁情绪,令人轻松愉快,或宁心安神以助安静睡眠。

　　人体因疲乏而呵欠频作,无精打采而使学习工作效率降低时,可选择摆放玫瑰、兰花、百合花、紫罗兰等植物,有提升阳气,振奋精神,促进人体呼吸功能,使大脑供氧充分,令人精力旺盛,改变无精打采状态,使思维清晰,提高学习工作效率。

　　人体精神抑郁不舒、情绪消极低沉时,可选择摆放金桂、丁香、夜来香等植物,其芳香花味有一定助阳兴奋,可缓解或减轻精神抑郁、情志低沉的作用。

　　人体因感冒而鼻塞、头昏头痛,或头目昏晕、视力模糊等症状时,可选择摆放菊花、茉莉等植物,其对上述症状有一定缓解或减轻作用。

另据研究观察,玫瑰、桂花、紫罗兰、石竹等植物散发出的气味有一定杀灭白喉、痢疾等杆菌的作用;蔷薇、铃兰、玫瑰、桂花等植物散发出的气味对结核杆菌、肺炎球菌、葡萄球菌的生长繁殖具有明显的抑制作用;天门冬、大戟、天竺葵、金银花、牵牛花等植物的气味对抑制或杀灭伤寒等病菌有一定作用,故根据家庭的实际情况及身体的需要,可以有针对性地选择上述有杀灭或抑制病菌作用的花卉,来净化家居空气,以减少人体受感染发病的机会。

桂花、栀子、兰花、腊梅、红背桂等花卉叶面上有纤毛,把它们摆放在房屋里,能截留并吸附空气中漂浮的微粒及烟尘等有害物,是天然的"除尘器";米兰、仙客来、紫罗兰、晚香玉、栀子、石竹、菖蒲等植物,可吸收空气中毒性很强的二氧化硫气体;虎耳草、水仙、紫茉莉、鸡冠花、菊花等植物,能将环境中氮氧化物吸收后转化为植物细胞蛋白质,从而起到净化空气作用;常青藤、月季、芦荟、半支莲、雏菊、腊梅、万寿菊等花卉能有效地清除空气中氯、乙醚、乙烯、一氧化碳等有害物质;石榴、菊花等能吸收氟化氢、汞等有害物质;吊兰、杜鹃、鸡冠花等植物还能吸收铀、氡等放射性物质;芦荟、吊兰有超强吸收多种有害气体的能力,如可吸收空气中 90% 的甲醛,所以称两者为天然的空气"清道夫"。故因搬新家或居室装修,或因新购家具、塑料制品,家电产品等而使家居空气污染时,即可有针对性地选择上述有"除尘器"、"清道夫"作用的花卉,来清洁净化空气,以消除和减轻各种空气污染物对人体居家健康的危害。

家居环境噪声扰人,可选择龟背竹、春芋、棕竹、橡树等有吸收和阻隔噪音作用的植物,摆放在阳台、窗户等噪音来源的方位,可有一定降低噪音作用而减少对健康的危害。

· 小 贴 士 ·

多种花卉都具有挥发性气味,因其性能和功效不同,散发在周围环境中对人产生的作用各异。所以,用花卉点缀居室时,应根据房间的用途来选择不同气味的花卉。如客厅应制造出团聚欢迎气氛,宜首选香味浓郁的玫瑰花、茉莉花等品种;卧室应温馨静谧,宜选有镇静催眠作用熏衣草类植物;为提高学习工作效率,书房宜选择摆放有兴奋醒神作用薄荷、兰花或柠檬果等植物。

(3)正确处理花卉与健康的利弊关系

防止居室花卉与人"争氧" 花卉植物美化环境,增加居室舒适度,对家居生活及人体健康有诸多益处。但如水能载舟也能覆舟一样,居室内盆栽

花卉与家居健康

植物对人体健康也有两面性。大多数植物在白天进行光合作用时，吸收人体排出的二氧化碳废气，释放出人体需要的氧气；而夜间则相反，在释放二氧化碳时，还吸收氧气，这样形成在同一空间与人"争氧"的状况。因此，从这个角度来说，大多数植物在夜晚对人是不利的。所以，居室摆放花卉也不宜太多，有条件的家庭在夜晚应将花卉搬出房间为宜，以防止其与人"争气"。有少数植物如仙人掌、仙人球、昙花、蟹爪兰、芦荟等，有一种特殊功能，即与上面多数植物夜晚吸氧、排放二氧化碳的特性不同，它们在白天光合作用时为避免水分丧失，关闭叶片气孔只排放二氧化碳，而在夜间才打开气孔释放出有益于人体的氧气，同时吸收不利于人体的二氧化碳废气。所以，家居绿化时，卧室宜首选仙人球、芦荟类具有夜晚释放氧气特性的植物，而尽量不要摆放其他花卉品种，因夜间居室多关门闭窗，人体及植物都呼出二氧化碳，会令室内二氧化碳浓度明显增加，使空气混浊而不清新，给人体健康造成负面影响。

避免有毒有害花卉对健康的影响　一些常见家居绿化植物的花朵，或果实，或茎叶含有某些有毒有害物质，或挥发出一定毒副作用的气味，因而在特殊情况下，会对人体产生不利影响，甚至给健康带来危害。如有人把居室当"花房"，摆放过多花卉，因为室内通风有限，花卉散发的花香或挥发性气体，被人体持续大量吸入会产生胸闷不适或憋气、恶心等反应。尤其在夜晚居室关闭门窗情况下，上述不良反应则更明显，严重的甚至会危害身体健康。另外，某些有毒植物体内的毒素并不向外散发，只要不被食用或其汁液不接触人体黏膜、伤口或直接涂抹在皮肤上，对人体就不构成任何危害。因此，它们也可用于家居绿化，而不能因噎废食。就如同厨房的燃料天然气，只要遵守操作规范，使用它来做饭、炒菜就安全无害。下面介绍一些含有对人体有毒有害物质的常见花卉品种，让人们认识到这类植物与人体健康的利弊关系，了解哪些植物对健康具有一定潜在危害，使人们在选择和养护家居花卉植物时，采取相应防护措施或予以适当回避，从而既能美化居室，创造舒适的生活环境，又防止给人的身心健康带来不利影响。

据研究显示，凤仙、洒金榕、铁梗海棠、石粟、曼陀罗等植物，可能具有某些致癌或促癌的物质成分，一般应忌用于家居绿化，尤其不要长期放入室内。

郁金香花朵、含羞草茎叶均含有一种毒碱，与人长期直接接触会导致毛发脱落。

夜来香、兰花、百合花等植物，持续过多吸入其花香，可令人胸闷、透不过气的感觉，或头目晕眩，甚至加重高血压和心脏病患者的病情。因此，夜晚最好不要将其放置室内，有病人的家里及卧室更应禁止。

松柏类植物不宜放置在餐厅内,因久闻其浓烈的松香气味,会令人恶心,甚至呕吐、降低食欲。

一品红花瓣的乳白色浆液含有毒素,可致皮肤肌肉组织红肿,所以要防止与人体密切接触,若误食还可引起中毒。

水仙花鳞茎中含有秋水仙碱,误食会引起胃肠炎。其浆液可使皮肤过敏、出现红肿瘙痒。

万年青茎叶含有多种对人体有害物质,若误食可致口腔、咽喉水肿,声带麻痹。其汁液接触皮肤使人奇痒难忍。

夹竹桃茎的乳白液汁含有夹竹桃苷,大量接触人体可产生昏昏欲睡等不适反应。过多吸入其花香气味使人感觉头部昏胀,烦闷憋气,甚至呼吸困难等。

滴水观音的茎分泌的液汁接触人体皮肤,会引发瘙痒,接触伤口黏膜会引起中毒反应。

在家居绿化中,一般不摆放含有毒有害气味的花卉品种,要防止有毒有害花卉对人体健康的不利影响,更应加强孕妇、儿童等人群对于有毒花卉的防范措施,尽量减少直接碰触和被误食的机会。室内盆栽花卉或瓶插鲜花数量不要过多,应特别注意室内通风换气,卧室里最好不放置气味浓烈的花卉。不熟悉、不了解的花卉植物,切忌随意掐折揉搓,更不可擅自咀嚼或食用。修剪整理花卉枝叶果实时,注意采用戴手套、口罩等防护措施,避免有毒花卉的浆汁或挥发物与人体接触,溅入眼中或口中。人体与花卉接触后一旦出现呼吸道刺激症状或头昏、头痛、哮喘发作等所谓"养花综合征",应将盆栽花卉或瓶插鲜花移置于室外,并及时就医,向医生讲明花卉接触史及发病情况,以免延误治疗。

宠物与家居健康

1. 宠物是人类的朋友

　　关爱和饲养宠物，现已成为世界性的潮流。什么是宠物呢？宠物主要是指人们在家里精心饲养，以供玩赏，愉悦身心，促进身心健康的各种动物（见图12）。家养宠物的种类繁多，有天上飞的雀鸟类，地上跑的猫狗类，水

图12　宠物是人类的朋友

中游的鱼龟类等。还有个别人饲养鳄鱼、虎、豹、蟒蛇等凶猛动物,甚至以毒蜘蛛、蝎子等作为宠物,但这样的行为,有些不符合国家法律法规,有些还会给家居身心健康或给他人带来负面影响,因而不宜提倡。

居家饲养猫、狗、鱼、鸟等作为宠物,可为居家生活增添不少乐趣,同时还有珍爱生命、保护生态环境,有利于居家身心健康的积极意义。所以热爱和饲养宠物的人越来越多,究其原因有以下几方面:

（1）饲养宠物能调节和维护心身健康

随着经济的高速发展和生活节奏的不断加快,人们充分享受丰富物质生活的同时,也承受着巨大心理和精神压力,这些都需要某种渠道给予释放和宣泄。特别是与工业社会相伴产生的都市化发展趋势,使原始自然山水、田园风光的家居环境消失殆尽,取而代之高楼大厦群的生活社区不断建立,电气化、网络信息化使一家一户的居家生活更趋封闭独立,人与人之间的交流日益减少,友情亲情逐渐淡化,缺少了相互关怀,真情倾诉,这一切都会导致带有社会性的,普通人的心理、生理平衡失调,甚至发生疾病。而挑选一些自己喜爱的宠物在家中饲养和赏玩,既可以调节人的精神情绪,放松紧张,使失常的心理归于平衡,又可舒解消除人们躯体的生理疲劳。不管是在居室中养一缸金鱼,或阳台上挂一笼雀鸟,还是湖边休闲时有小猫跟随相伴,或山间散步有爱狗探路开道,人们通过这些逗弄赏玩宠物的活动,以及平时对宠物的饲养关照,可使紧张心情和精神压力得以疏解宣泄,或让焦躁情绪得以抚平宁静,或令疲倦烦恼得以消除,同时人们寻求到某些情感寄托,内心获得莫大的慰藉和满足,而感受到生活的快乐幸福,使居家身心更加健康,并且也促进了社会和谐与安定。我国民间有"听鸟鸣聪耳,看鸟飞明目"的俗语,即是养鸟有益于人体健康的经验之谈。所以,现今饲养和赏玩宠物,成为许多人日常居家生活的重要内容。

人类学家指出,我们只有借助于动物的帮助,才能更好地了解人类自身。所以通过饲养宠物活动,不但能够对人的身心健康起到调节和平衡作用,有些宠物本身也是人类值得信赖的朋友和保护人们健康的医生,这也是人们钟情于宠物的一个重要因素。如逗弄自己喜爱的宠物,可以松弛人的紧张,降低血压和体温,减缓心跳频率。更重要的是还能够帮助沮丧的人改变消极的人生态度,并建立或恢复自信心;专注地凝视玻璃缸里悠然游弋的金鱼,能安抚平息人的焦躁或愤怒情绪,使之心神宁静而复归于平和。经研究表明,将养宠物的空巢老人与不养宠物的空巢老人比较,两者在社会处境、家居生活、精神卫生、性格情绪、身体健康、幸福满意度等方面状况的评价结果,前者要大大优于后者。很多人可能有这样的感受,在一个陌生,或者尴尬难处的环境中,在人们面前如果出现一只小猫,或跑来一只宠物狗,不仅会舒缓或解除紧张和不安情绪,还能陡然让大家产生共同话题,甚至出现热烈和谐的氛围,宠物起到了培养或增强人们交流沟通能力的作用。总之,饲养宠物在维护居家心身健康方面,甚至在对某些疾病患者的康复方面都有奇妙的作用。

(2)宠物是人类的同伴和生活帮手

社会生活中我们常常看到,经训练的狗可以安全无损地帮人取来信用卡、报纸或电话机,还可以替人购物、导盲领路、开关电灯、打开房门等等,并表现出对主人无比温顺依恋和忠诚服从,这一切都使宠物狗不仅成为人们日常生活的同伴和帮手,还给人们带来心理满足和愉快生活的感受,并对儿童自闭症患者和精神抑郁病人也有一定辅助治疗作用,同时给老弱病残的人带来许多生活便利,增强了他们的社会适应能力和自立性,填补了药物治疗和社会救助的某些空白。

饲养宠物过程中带来的运动疗法和劳动疗法,对于居家心身健康也有积极促进作用。如轻抚狗背,给它刷毛清理,领它出去散步,这对活动人的肢体关节,呼吸新鲜空气,刺激人体大脑细胞,保持良好的精神状态都有很大益处。养鸟者清晨遛鸟,提拎笼把有节奏地前后摇甩鸟笼,既锻炼鸟儿站枝平衡、脚爪紧握栖木的能力,又锻炼活动了人手的指腕关节和脚膝关节而使身体强健。同时还通过漫步于树林草坪,溪水山边,使人呼吸更多新鲜空气,接触美好自然景色而醒脑除烦,令心情愉快,精神振奋。所以现在全世界的医学专家、人类学家以及社会学家,每年都会聚集一堂,交流各自研究动物疗法工作的进展情况。这足以说明饲养宠物与人们健康的关联性和重要性。

另外,宠物小鸟纤细娇弱的生理特点,使其对人们居家生活中如煤气、天然气等有毒有害气体特别敏感,当有毒有害气体在居室环境中仅有很低浓度尚不能被人察觉时,小鸟就会出现烦躁不安,啼鸣哀叫等类似的报警信号,起到一定程度的预防和保护作用。所以养只宠物鸟,在一定程度上可以防止居家生活发生煤气、天然气等一类有毒有害气体中毒意外,直接化解人们的居家灾祸而起到安全防范作用。

狗是一种非常聪明而有灵性的动物,它喜欢与人相伴甚于同类,对主人尤为忠诚,能与人同甘共苦,当主人面临危急时它会拼死相救。平时主人带着各自的狗不期而遇时,它们往往会大声叫嚷,互不示弱,为主人争光。所以饲养者不应利用狗的忠心,借狗争强好胜的习性,让狗儿们互相争斗厮杀来取乐。更要杜绝故意用狗恐吓妇女儿童,或用宠物进行赌博等以换取内心的快慰。总之,应尽量避免以宠物来寻求不健康的娱乐方式,否则就得不偿失。

2. 饲养宠物的条件

宠物是人类的朋友,但不能为了满足一时的喜爱和赏玩宠物,不分男女老幼、不顾家居环境和条件即随便饲养,而应根据各人居家生活的具体情况,如有宽敞居室空间环境,具备一定的经济等饲养条件,并结合个人兴趣爱好,选择合适的宠物来饲养,才能在宠物饲养赏玩中获取心身愉悦而有利于居家健康。不然的话,就会适得其反,饲养宠物不仅带给人许多烦恼,还会使人居家健康受到损害。那么,居家饲养宠物需要怎样的环境和条件?又有哪些宜忌呢?

(1) 要有充裕的家居空间

当你喜欢某一宠物还准备饲养时,首先要考虑的问题是你的家居能否为它提供充裕的空间环境。饲养猫、狗等类宠物,一般需要相对独立的窝棚,设置专门的排便处,还应准备让猫、狗散放和运动的庭院或场地(可由小路或田野替代)。饲养鹦鹉、画眉等鸟类宠物,要有未封闭阳台,宽敞屋檐等既阳光充足,空气流畅,又能够遮挡炎热和防避霜冻以供悬挂鸟笼和鸟儿鸣叫的场地。总之,饲养宠物尤其是鸟类宠物,一般应有相对独立的空间,最好不要让其与人长期同处一室,避免人与宠物都在一微小空间里共同呼吸换气。这样既排除了宠物脱落的皮屑、微细羽毛、粪便粉尘等飞扬污染环境,带来室内空气混浊,异味难闻这一饲养宠物的常见苦恼,又能有效阻隔宠物可能携带的病原微生物传播蔓延,防止发生人畜共患疾病而危害家居健康。有较宽敞的居家空间条件来饲养宠物,还不至于因诸如狗吠叫嚷,意外咬人,鸽鸟粪便、羽毛污染环境等饲养管理不善而招来左邻右舍的意见,可以避免因饲养宠物而破坏邻居间和睦友好关系,也防止因宠物饲养给人造成不良精神情绪刺激,从而有助于居家身心健康。

（2）要有相当的时间和精力

饲养宠物虽然可以给人们居家生活带来愉悦快乐，但饲养者也需要付出相当的时间和精力。无论饲养什么样的宠物，都要购买、制备其食品，需定时定量地喂食、换水，经常清洁笼舍，给宠物洗澡、整理梳毛、修剪指爪、美容喷药，带宠物遛放运动等，平时还要留心观察宠物身形体态、神情声音、食欲食量、排泄物等情况变化，从而了解掌握其健康状态，以调整饲养方法或者采取相应措施。在探亲访友、外出旅游等行程时，应像对待家庭成员那样对宠物予以行前考虑，对其食宿管理作出妥善安排。如将其放在宠物店寄养或委托亲友邻居代养，切忌将宠物当做活的玩具，只图一时取乐，当兴趣一消失就将其看成累赘，让其冻饿流浪，甚至对其施暴、虐待宠物，这就得不偿失，会给居家心身健康带来负面影响。所以，不能凭借一时喜欢就随便养只宠物，家居要养好宠物，是需花费大量的时间和精力的一项工作，当然也是人们赋予动物爱心的一种行为。其实在对喜爱的宠物花费了相当时间和精力的饲养中，您才会得到快乐和慰藉，并促使居家心身健康。

（3）需具备一定经济承受力

饲养和赏玩宠物能给居家带来心身健康愉快的享受，但这也是一项需要花费不少钱财的居家消费项目。首先，许多宠物的身价就不菲，不仅购买需要花费一定钱财，还要到管理部门进行登记注册、防疫注射，并为其提供舒适笼舍及新鲜卫生，富有营养并符合其生理需要的食品等，这些都需要饲养者有较为充裕的收入来源和经济承受能力。虽然为宠物提供锦衣美食的做法不足取，也不符合我国国情。但那种随便一根绳子拴住，或一个笼圈关起，投给残羹剩饭的方法是养不好宠物的。其次，为了正常饲养和管理需要，应准备安全美观的专门设备、器具，并使之艺术化，才能提高观赏性和愉悦性。如养鸟，常以镂刻图案的笼子，配以精雕成形的铜制笼钩、古色古香的食缸、红木制成的配件，再添上漂亮的笼衣，这些装置本身就已经构成一件价值不菲的精美工艺品。如养金鱼，鱼缸可采集贝壳等物来加以装饰，缸内配养珊瑚水草，以烘托出金鱼的多姿多彩，成为一件展现自然水族生态环境的家居陈设摆件。若购买水族箱来养金鱼则提高了其观赏效果，当然也需要付出更多钞票。

有些饲养宠物的用具器物及食料，可以通过自己动手制作来完成，既能增强饲养和玩赏宠物的雅兴，又在劳动创造价值的过程中，品味到生活的乐趣而有利于居家健康。若无自己动手制备的条件或能力，就需要投入相当的资金到宠物商店或花鸟市场购买。因此，饲养宠物时，应该事先考虑到自己的经济收入情况,要有一定的经济承受力,切忌打肿脸充胖子,勉为其难。

（4）要掌握一定的饲养知识

饲养宠物不仅需要兴趣爱好,还是一门学问。在挑选宠物和饲养宠物过程中,除了向其他饲养者讨教宠物挑选及饲养的相关知识,并通过自己摸索积累饲养经验外,还要主动学习了解一些有关动物生理学、病理学、驯养教化等方面的知识,并注意从报纸、杂志上搜集有关经验和窍门介绍,才能提高饲养水平并养好宠物。切忌违反宠物生态习性和生长规律,只凭自己的想法来饲养宠物,其结果不但养不好宠物,还可能使自己喜爱的宠物患上疾病或夭折,会使宠物主人产生不良情绪或带来恶性心理刺激,从而影响居家心身健康。

（5）饲养赏玩宠物要适度

饲养和赏玩宠物能给人带来很大的乐趣,丰富休闲的生活而有利于居家健康,但必须注意掌握适度原则。饲养玩赏宠物时,在经济花费上要量力而行,避免花费过多钱物,尤忌因饲养玩赏宠物而降低原有居家生活水准。精力投入方面也应把握分寸,切忌饲养过多或对宠物关注胜过家人,甚至因为宠物引起夫妻反目、母子失和,乃至家庭破裂。年轻人不应过分地而玩物丧志,若因饲养和赏玩宠物影响到正常居家生活及工作学习,从而给人体身心健康带来负面影响,那就适得其反了。

3. 注意预防宠物传染病

居家饲养宠物,在给居家生活带来快乐的同时,还有保护动物、珍爱生命的积极意义。但是,很多人对于饲养和赏玩宠物的卫生常识缺乏足够的了解,容易导致人畜共患疾病的发生,并造成传染,造成伤害居家身心健康的不良后果。人畜共患疾病种类繁多,现已知的约有 100 种以上动物(包括宠物、野生动物)传染病、寄生虫病都可以传染给人,并引起人畜共患疾病的发生和流传。虽然人畜共患疾病的病原体对人和宠物都是易感的,但人和宠物在易感程度上有很大的差别。特别要指出的是,有的宠物发生感染或携带病原体后,可不发病或无明显的临床症状,因而被人们忽略,未能进行有效治疗、隔离及采取对人体自身的防护措施,这样病原体就会通过各种渠道和方式传染给饲养者或与其接触的人,于是就造成人畜共患疾病,严重危害人体心身健康。

（1）弓形虫病危害大

居家饲养猫、狗等宠物，对人直接构成人畜共患疾病危害，最常见的是弓形虫病。由于宠物猫、狗感染弓形虫后，许多往往不发病，或无明显临床症状表现，故很容易被人们忽视。弓形虫疾病的致病微生物弓形虫常寄宿于猫、狗体内，经其粪便排出而污染食物、水源，被人体接触即会感染发病。其临床主要表现有发热、淋巴结肿大、黄疸、肝功能损害等，还可伴发心肌炎、脑膜炎等症。若感染孕妇可致流产、死胎或出现畸胎，胎儿在母体中感染弓形虫病，除了可致先天畸形，还可能发生肢体或智力缺陷等严重后果。因此，居家饲养猫狗宠物时，应经常给猫、狗洗澡，其粪便以深埋为好。猫、狗食物应加工为熟食，喂饲猫、狗的碗要经常刷洗消毒，并防范猫、狗偷吃人食而污染食物。应对所养猫、狗定期检疫和注射疫苗；儿童和孕妇尽量减少与猫狗的接触，不宜与猫狗同眠，更不要同猫狗接吻，让猫狗舔手舔脸。有孕妇的家庭，最好不要饲养宠物，以尽量减少感染发病的机会。如准备怀孕者或孕妇有与猫、狗接触史，应去医院进行弓形虫感染排查，避免生产畸形或肢体及智力缺陷婴儿。家人一旦出现弓形虫病临床疑似症状，应及时就医，并向医生讲明有饲养或与猫、狗有接触史。发生弓形虫病时，应人和宠物同时施治用药，以免继发性感染而耽误治疗。

（2）狂犬病死亡率高

宠物猫、狗引起人的狂犬病，导致极高死亡率，给人们生命财产及和谐社会造成巨大危害，这已是众所周知的常识。但这里要强调的是，随着人们居家饲养猫、狗等宠物热的兴起，猫、狗数量大量增加，许多人既不给所养猫狗进行免疫预防，又在其饲养兴趣过后就将宠物遗弃而让它流浪，这样容易使流浪宠物感染狂犬病，使带狂犬病毒的猫狗大量增加，据统计我国已有25个省份发生狂犬病疫情，近两年报告的死亡人数占同期各种传染病病死数的30％以上，为法定传染病报告病死数之首位。所以，为了保护自己和他人的健康，维护社会和谐稳定，一定要文明养宠物，依法养宠物；若不慎被猫、狗抓咬伤，要立即用碱性溶液如肥皂水反复清洗，并立即到医院注射疫苗和进行相关处理，防止造成更大危害。

（3）其他人畜共患疾病

居家饲养鹦鹉、信鸽等鸟类宠物，要预防感染鹦鹉热、鸽子肺、禽流感等人畜共患疾病。首先要讲究居家环境卫生，保持居室整洁，常洗澡、勤换衣被，以减少与病原微生物接触和导致发病的几率；其次要保持鸟笼干净与通风,鸟舍需宽敞、向阳,尽量避免宠物的粪便、皮屑等随意散落,不要让其羽毛及其粉尘在空中飞扬;在清扫鸟笼、鸟舍及给宠物清洁梳洗时,应加强个人防护,如戴上口罩、帽子、手套为宜,清扫完毕后立即用肥皂洗手、沐浴。发现病鸟,应及时采取隔离、治疗等处置措施,病鸟尸体应浸入来苏儿消毒液中,然后进行焚烧或深埋。出现临床疑似症状的人要及时就医,讲明与鹦鹉、鸽鸟接触史和发病过程,积极配合医生诊治。另外,饲养宠物还可使人引起疟疾、真菌感染、钩虫病、蛔虫病、皮肤过敏及过敏性哮喘等多种疾病。因此,饲养宠物的家庭在喂食照料、逗弄玩赏宠物得到愉悦快乐的同时,决不能忽视宠物对人体身心健康带来的潜在危害。为了维护居家身心健康,使居家生活幸福快乐应未雨绸缪,一定要加强卫生防护和安全管理,才能防患于未然。

小贴士

　　猫的头角和尾根部都有味腺,故它喜欢用头尾在主人的腿上摩擦,留下它的气味,这是猫对主人独特的示好方式。猫用爪子抓主人常坐的椅子或其他常用家具,一方面是为了磨去爪上的老壳,便于新的长出来;另一方面它也是为了亲近体验主人的气味,同时又留下自己的气味,为自己获得安全感。所以要为猫准备如废旧皮包、衣物或书报等物品供其抓挠磨爪用,以免抓坏家具用品。猫昼伏夜出,捕鼠为食,且在夜间有很敏锐的视力,其原因经研究发现,猫主要靠体内一种叫"牛磺酸"的物质来维持夜间的视力。如果缺乏这种物质,则视力会下降而影响生存能力,而这种"牛磺酸"在老鼠体内含量很丰富,所以,猫就成为了老鼠的天敌。